by

Pablo de Santis

巴黎谜案

[阿根廷] 帕布罗·桑迪斯—著

叶淑吟—译

中国华侨出版社

图书在版编目（CIP）数据

巴黎谜案／（阿根廷）桑迪斯著；叶淑吟译. 一北京：中国华侨出版社，2014.10
ISBN 978-7-5113-4941-5

Ⅰ. ①巴… Ⅱ. ①桑… ②叶… Ⅲ. ①长篇小说—阿根廷—现代 Ⅳ. ①I783.45

中国版本图书馆CIP数据核字（2014）第231609号

本书译稿，由台湾漫游者文化授权使用。

EL ENIGMA DE PARIS © 2007 by Pablo de Santis
Simplified Chinese language edition published in agreement with Pablo de Santis c/o
Guillermo Schavelzon & Asociados, S.L., Agencia Literaria, through The Grayhawk Agency.

著作权合同登记　图字01-2014-6205号

巴黎谜案

著　　者/［阿根廷］帕布罗·桑迪斯
出 版 人/方　鸣
特约编辑/王　样
责任编辑/落　羽
封面设计/庄谨铭
版式设计/王国蕊
经　　销/新华书店
开　　本/870mm×1230mm　1/32　印张／9.25　字数／172千字
印　　刷/三河市中晟雅豪印务有限公司
版　　次/2014年11月第1版　2014年11月第1次印刷
书　　号/ISBN 978-7-5113-4941-5
定　　价/28.00元

中国华侨出版社　北京市朝阳区静安里26号通成达大厦三层　邮编:100028
法律顾问：陈鹰律师事务所
发 行 部：（010）82605959　传真：（010）82605930
网　　址：www.oveaschin.com
E-mail：oveaschin@sina.com

如发现印装质量问题，影响阅读，请与印刷厂联系调换。

献给伊瓦娜（Ivana）

目 录
Contents

十二神探／助手人物表

国 别	神 探	助 手
阿根廷	雷纳多·奎格	席穆多·萨瓦迪欧
波 兰	维克多·阿萨奇	谭纳
法 国	路易·达朋	阿瑟·涅斯卡
荷 兰	卡斯特维堤亚	葛蕾塔·露巴诺瓦
英 国	卡勒·劳森	谭大维
葡萄牙	萨卡拉	贝尼托
德 国	托比亚斯·赫特	弗利兹·林克
西班牙	费明·罗荷	马努叶尔·阿劳荷
美 国	杰克·诺瓦利乌斯	塔马雅克
意大利	马格雷里	马利欧·巴多内
希 腊	马多拉奇斯	加卡努斯
日 本	佐川	冈野

第一部　神探奎格的最后一案

1

　　我名叫席穆多·萨瓦迪欧。我父亲从日内瓦北部的一处小村庄来到布宜诺斯艾利斯，以鞋匠为业。他娶我母亲时，已经开了间自己的鞋铺，但只做男鞋，他对女鞋不在行。孩提时，我经常帮他工作，时至今日，当我们这行提起我如何辨别犯罪现场鞋印的方法（萨瓦迪欧法）时，我都将这项发明归功于那段奔波在鞋撑和鞋底间的日子。侦探跟鞋匠，都是从下面看清楚世界的全貌，他们的注意力着重在人们走偏那一刻的脚步。

　　我父亲连索·萨瓦迪欧生性节俭：每当母亲想多要点儿钱，他就直嚷嚷我们会落得煮靴子底的窘境，据他说，拿破仑的军队在远征俄罗斯时，曾干过这种事。不过，不管节俭的特点是来自他的天性还是由于他的人生经历，每年他还是会破例花费一次：在我生日那天，送我一盒拼图。起先是一百片的，之后游戏的困难度慢慢增加，直到一千五百片。拼图是意大利特里亚斯德制造的，木盒包装，拼完后，就会知道那是米兰圆顶教堂，或是帕提农神庙的水彩画；是一张古老的地图，或者是张一群怪物正虎视眈眈世界的边陲的图画。我父亲认为，拼图能训练脑力，将图画深深烙印在脑海里。我通常要花上许多天才拼得完，他会兴致勃勃地帮我，但老是搞错位置，他的注意力偏重在拼图块的颜色，而不是形状。我会让他帮忙，再趁他不注意时，修正位置。

雷纳多·奎格曾断然说过："犯罪调查和拼图完全是两回事。"然而，就是拼图这个游戏，让我回复了奎格在 1888 年 2 月刊登在报上的讯息。不久之后，他成了我的导师。雷纳多·奎格，不但名气响当当，也是城里唯一的侦探，他破天荒地要在一群毛头小伙子面前，倾囊传授学问。入选者会在接下来一年间，学习犯罪调查技巧，拥有成为一名侦探助手的资格。我仍留着那张剪报，刊出消息的同一页，还有一则印度巫师来到我们国家的新闻，他的名字叫卡立当。

我对神探登报的信息印象深刻，除了那是则公告外，更因为向来独来独往的神探奎格，终于愿意与人分享自己的工作经验。奎格是十二神探俱乐部成员之一，这个俱乐部聚集了全世界的精英侦探，每个神探都有自己的跟班①，只有奎格例外。奎格经常在

---

① "跟班"这个词，是奎格本人引申来称呼十二神探俱乐部的助手。1872 年，他在俱乐部的前几场聚会中解释为什么挑这个词，并介绍了《拉丁文之厅字典》的定义：跟班，是指跟在身边形影不离的人。——本书除了标明译注之外，均为作者注

《犯罪线索》[1]杂志里，替自己的立场辩解：跟班可有可无，孤独比较符合侦探的形象。俱乐部的另一名神探维克多·阿萨奇，是他的挚友，也是抨击他新点子最多的人。他说，奎格若愿意训练助手，等同推翻了过去的工作理念。

2

我寄出申请，希望入选，信里陈述了提笔的动机。然而，有个规则绝对要遵守：万万不可提起过去的经历。在犯罪调查中，不管过去曾做过什么，都没有加分效果。我跟父亲要来几张生意用的信纸，上面的抬头印有"萨瓦迪欧鞋铺"字样和漆皮靴子的图案。我剪去了信头。我可不想让奎格知道，自己是鞋匠的儿子。

我在第一封信写道，自己对报上的重大犯罪案件一直感兴趣，

---

① 《犯罪线索》隔周出刊，是《线索》杂志的地方版，《线索》由记者阿迪庸·葛利马在巴黎发行，是十二神探的官方刊物。但是，《犯罪线索》是仅有三十六页的简易版，《线索》则是学院格式的杂志。《犯罪线索》只要刊登两三则消息，内容就满了，其封面是黄色的，有幅用羽毛笔勾勒的图案，或许是某个神探的肖像，或者某桩谋杀案最令人毛骨悚然的一幕。

所以想学习犯罪调查的技巧。但我撕了信,决定重写一封。老实说,我对血淋淋的命案没啥兴趣,吸引我的是别的:乍看之下不可思议的谜案。我喜欢感觉那循序渐进但充满惊奇的推理,是如何厘清了混乱但可以挖掘真相的世界。

我不敢奢想当上侦探:当个助手已经是遥不可及的目标。可是每当夜晚来临,我一个人在房里时,我会幻想自己是个冷漠、爱嘲讽且完美的侦探,就像奎格,像波兰神探阿萨奇、葡萄牙神探萨卡拉、罗马神探马格雷里,在只看得到表面线索的世界里展开行动,挖出因为障眼法、心不在焉或疏忽而看不到的真相。

我不知道多少人抱着紧张又期待的心情,写了信到神探奎格坐落于恩赐街171号的屋子,但人数应该很可观,因为几个月过后,已经成为学院高才生的我,在一个房间里发现了一堆积满灰尘的信封。不少封连开都没开过,仿佛只消瞄一眼,奎格就知道哪个申请人符合资格。奎格认为笔迹是门精准的科学。我在信件当中找到自己寄出的那封,也没打开过,这让我一头雾水。当奎格要我烧掉那堆信件时,我不禁松了口气照做。

1888年3月15日上午十点,我来到恩赐街大楼门口。我本来想徒步过来,不搭电车,不过我临时反悔,因为秋天提前报到,冰透了的雨水在我行经的路上滴滴答答下个不停。我在大门口遇到其他二十个男孩,大家都跟我一样紧张得要命;刚开始,我以

为他们都出身名门，而我是唯一一个没有名声、没有显赫姓氏或万贯家财的毛头小子。大伙都一脸紧张，但努力挤出一副目空一切的表情，模仿出现在各大报纸首页或是一份卖二十五分钱的双周刊《犯罪线索》杂志黄色封面上的奎格。

奎格居然亲自开门迎接，我们看到全吓了一跳，大家本以为开门的会是个管家之类的人，来扮演神探联络外界的桥梁。惊吓之余，大伙非但没进门，反倒纷纷退后，态度恭敬有礼；若不是离门最近的那个人，被奎格一把抓住胳膊往里面一拉，这出闹剧可能在接下来几个小时仍没完没了。于是我们仿佛被一条绳索绑住，一个接着一个，全都进门了。

我曾在十二神探的官方刊物《线索》杂志的地方版《犯罪线索》里，看过关于这栋屋子的报道。奎格没有助手，所以他的故事都是自己撰写的，于是，屋子在他虚荣的镀金描绘下，变成了一座知识的殿堂。每位神探都会和代大众发声的跟班对话，奎格则一人分饰两角。在自问自答的对话里，让人觉得他像个疯子。奎格描述自己沉溺在书房的静谧中，欣赏法兰德斯的水彩画收藏，或者擦拭他的秘密武器：藏在扇子下的匕首、《圣经》中的手枪、雨伞里的短剑。他最爱不释手的武器，当然就是出现在他许许多多冒险故事里的手杖。那个狮子图雕的杖柄劈过不止一人的头颅，伸缩的小剑曾盛气凌人地架在嫌犯的颈动脉旁，而其所发出响彻云霄的射击声，能划破黑夜，但吓唬的意味多过于伤人。我们进了门，经过各个房间，就在高墙、家具以及架子上，搜寻着武器和工具的踪迹，在我们眼里，那些东西就像是犯罪调查的圣杯、王者之剑，或者唐·吉诃德的曼布里诺头盔。

　　踏进这栋屋子，在我看来，就像进入一座精神堡垒。当人碰到朝思暮想中的东西，最感惊讶的不是终于有机会仔细看清楚，而是这件事成真了，伸手可及，有了既定的样子，不像梦里的人、事、物，而且能瞬间改变模样；这种滋味既悲又喜，因为这意味着，幻想是来自于现实的，而一旦落实之后，也就宣告了幻想的结束。

　　奎格和妻子玛嘉丽塔·里维拉同住，但屋内弥漫着一种空屋的湿冷，空无家具的房间以及少了挂画的墙壁，加深了这种氛围。他们夫妻俩的卧房在四楼；二楼则是奎格的书房，里面铺了地毯，有张大桌子，桌上有架汉蒙打字机，在当时，那可是个新玩意儿。书房外，都是空荡荡的房间和厅堂，一时之间，我感觉奎格开设这间学院，只是想驱赶这栋屋子湿漉漉的寂寥。房子对他们的两名帮佣来说实在太大：来自加利西亚的安荷拉掌管厨房大小事务，另外还有一个女佣。安荷拉几乎不和奎格说话，但她每个礼拜都会准备两次侦探最爱的点心：洒上肉桂粉的米布丁，并随时随地等候奎格的点头称赞。

　　"就连'行进俱乐部'的米布丁也比不上这个美味。如果没有您，

我真不知道该怎么办。"神探说。而这是他对安荷拉的唯一评语。

厨娘的情绪阴晴不定，仿佛她不时感到来自这间屋子的压力。有时候，她拿着鸡毛掸子打扫，会大声唱着西班牙老歌，音量大到奎格太太忍不住出声制止。但她都当作耳边风，或者装作没听到太太的话。其他时候，她则一副挫败而认命的表情。每当早上她帮我开门时，我们会聊几句气候，不管天气如何，她都当作是坏预兆：

"真热。这不是什么好迹象。"

或者，如果天气转冷：

"太冷了！这可不是好现象。"

或者，天气不冷不热：

"真不知道该怎么出门。坏预兆！"

飘毛毛雨、下雨、干旱、暴风雨、许久没刮暴风雨，所有的天气变化在安荷拉眼里，都差不多一样不祥。

"到昨天都还干旱，现在倒下起了暴雨。"

十五年前，奎格夫妇痛失没几个月大的儿子，从此再也没有其他子嗣；所以，当我们一进门，尽管大家都不想破坏那股缺少生气的静谧，整栋屋子却出现不同以往的热闹。

那天，是我生命中最快乐的日子之一，奎格与我们分享了犯罪调查的方法，可是他的一席话，像是刻意想让我们泄气，要我们滚回家，别再踏进这里一步。所谓的犯罪调查，需要时间和耐心，而他这么一吓，也能甩掉真的不适合的人选。他列举困难，描述挫败，不过我们全不畏失败，因为学习路上遇到的任何事物，就算是不顺遂，仍是我们渴望获得的经验。我们怕的反而是日子平淡、法律作业、父母太尽责、得早点儿上床睡觉。第一天报到的二十一个人，隔天全回来了，而且开始上他的课。到当时为止一直空荡荡的屋子，因为奎格订的东西陆续送到，开始拥挤起来。这种看似失去理性的堆积物品，其实是基于理性崇拜的一种矛盾，至今还能在我的身上看到。从一开始上课，奎格的教学就提醒着我这种矛盾的存在：当我们越接近疯狂，脑子也就越清晰。

3

司法卷宗、放大镜、显微镜、重现自杀和命案现场的假人模特儿、用来隔墙窃听的听诊器、夜视镜，命案现场的人类头颅，这些都装在不断送来的篮子里，搬进了屋子。当时，医学院打算盖法医博物馆的希望落空，奎格便买下福尔马林大玻璃罐、凄惨的犯罪现场照片，甚至是废弃的担架。住在顶层的奎格太太，有

时会下楼来看看丈夫的教学进行得如何。她是个美丽、苍白的女人，总是穿着一袭蓝色衣裳，她会停下脚步观看知名命案里的短刀和匕首，呈现吊死状和被分尸的假人，关在玻璃罐里吃腐尸的昆虫。她细细打量囤积在屋子里的这些东西，仿佛里面藏着什么能解开枕边人之谜的线索。她的模样，就像是迷失在一间博物馆里，而警卫一个不小心，就会将她反锁在建筑物当中。

唯一敢顶撞奎格的只有厨娘安荷拉，她因为那些脏兮兮的篮子以及把可怕的东西弄到家里来而责骂他。厨娘看到奎格根本充耳不闻，便挑衅道：

"我正在等卢沟的表弟来信，信一来，我马上打包走人。米布丁就飞了！"

奎格给我们上课的时间是早上；他的嗓音在这段时间听起来洋溢着自信，其他时候则较温和。有时，他爱带我们外出教学，通常选在夜晚，到曾经发生女子断头案、恶名远播的屋子，或是最近发生自杀案的旅馆房间。

"自杀是个大谜案，比凶杀还令人费解。"奎格对我们说，"在所有的城市里，自杀案都有一定的数量，这种病源自城市，无关经济问题或是历史事件，不是人类本身的病。乡下地方就没听过什么自杀；这种恐怖的疾病透过我们的建筑物传染，而不负责任的诗人竟颂赞这种行为。"

我们第一次踏进一间有人自杀的房间时，大家都靠在墙边不知所措，远离奎格和死者。那名死者穿着最好的衣服，在喝下蓝色小玻璃瓶内的液体之前，还将房间整理一番。

奎格站在房间中央，要大家靠近细瞧：

"大家瞧瞧这个男人的表情，看看他在喝下毒药之前，怎么仔细整理房间，把家当全都收进皮箱里。世界上最孤独凄凉的地方，莫过于旅馆房间、民宿。这些自杀的人什么都知道，他们心有灵犀；如果有间旅馆传出自杀案，那栋建筑就如同遭到诅咒，下个月，另一起自杀案件就会接着发生。很快地，有些旅馆专被这种活得不耐烦的客人锁定。"

我们学会如何搜遍每个角落；调查的着眼点不在偌大的空间，而是血滴形状的对称性，地面木板缝间的发丝，捻熄的香烟，或者死者的指缝。我们拿着放大镜寻找蛛丝马迹，放大镜放大了细微的地方，却也扭曲了生活的其他部分。

奎格的老友也会替我们上课，例如伟大的骨相学家阿奇雷斯·葛雷果。他是个医生，体型矮小，容易紧张兮兮，他的双手仿佛有自己的生命般抖个不停。他的手就像动物，想扑上对方的脸，抚摸他的脸颊、眉毛或者测量头围，但只用手摸，不用尺量。他总是提起和心理学家波斯佩·戴斯品（Prospère Despines）在巴黎大学执教鞭的岁月，这位杰出但遭人遗忘的大师，是意大利犯

罪学家西萨雷·隆波罗索（Cesare Lombroso）的导师。葛雷果让我们传看头颅，摸摸隆起的曲线，观察受害者额骨的轮廓、凸颚、突起的牙床骨，以及凹塌的前额。我们必须闭上眼，让手指游走，并回答问题：这是小偷，杀人犯，还是骗子？有一次我大声说道：凶手！葛雷果则回答我：

"更糟的是，他还是个耶稣会教士。"

参观停尸间的经验则比较不愉快。雷维特医师人高马大，性格谨慎阴郁，一如诞生在土星星宿下的人。他剪开头盖骨，让我们瞧瞧大脑，注意杀人犯大脑上大片的胼胝体和特征。

"这里记录了出生后一生会犯下的案件；如果有个检查大脑的机器，我们就能在这些带有特征的人犯罪之前阻止他们，那么大城市的命案便会从此销声匿迹。"

在当时，犯罪生理学是刑事学的焦点，不论是医生或警察，都希望有一套能用来区别善良民众和作恶歹徒的科学。时至今日，这些东西已经不再具有科学价值，甚至在课堂上提起隆波罗索的名字，都只是为了博大家一笑。我自己就经常这样做。过去曾那样盲目相信的东西，今日竟落为无情的笑柄，真是滑稽。经过二十余年追缉杀人犯的岁月，我从经验得知，相由心生。问题在于该如何判断，因为并没有什么绝对正确的系统。隆波罗索并没有选错研究领域，他的错误在于深信藏在脸上和手上的所有线索，只有一种答案。

1888 年时，奎格究竟相信面相学，还是犯罪生理学的其他理论？这个问题很难回答，因为吸引他的，显然只有犯罪现场留有线索的命案，而不是那种得从嫌犯身上找线索的命案：

"有双大手，顺风耳，深眼窝，这种可以轻易辨认的凶嫌，就交由警察应付。至于那些隐藏起来、能混迹在我们中间的凶手，则交由我上场。"

4

有时，碰到奎格顺带提及十二神探的某位成员，我们便会鼓起勇气，问他俱乐部的起始、从未明文的门规、少数几场几名成员的聚首。奎格总是用不耐烦的语气回答这些问题，我们得自个儿设法拼凑其余没讲清楚的部分。我们就像被强迫似的重复背诵成员的名字，仿佛这是一门艰难的课程。在布宜诺斯艾利斯小有名气，经常登上《犯罪线索》报道的神探，包括绰号"罗马之眼"的马格雷里、英国神探卡勒·劳森和出身纽伦堡的德国神探塔比亚斯·赫特。其中，有两名成员为了争夺"巴黎神探"的头衔，经常闹上杂志：

沙场老将路易·达朋和落脚法国的波兰神探维克多·阿萨奇，前者自认是维多克①的传人，后者则是奎格的挚友。雅典神探马多拉奇斯的消息虽然不多，却是其中我最欣赏的。当他解决犯罪案件时，仿佛不只针对个别凶嫌，而是看到了人类普遍的黑暗面。

布宜诺斯艾利斯的西班牙小区，则紧紧追逐着托雷多出生的费明·罗荷的动向，他遇过匪夷所思的倒霉意外，反而模糊了经手案件本身的焦点。葡萄牙神探萨卡拉则一向出没于临海一带：在迷失于雾中的船上审问如凶神恶煞般的船员，在沙滩上寻找神秘失事船只的遗骸，解决"密舱"案件。

再凑上诺瓦利乌斯、卡斯特维堤亚跟佐川，神探就兜成了十二个。杰克·诺瓦利乌斯是美国神探，在我们的想象中，他和西部牛仔及传奇枪手的形象融合在一起。心思细密的安德·卡斯特维堤亚是荷兰神探，尽管他跑遍每个角落，身上的白色服装却永远一尘不染。至于来自东京的日本神探佐川，我们就对他一无所知了。

不过，我们都是在奎格背后背诵这些名字。这门暗地里称为"十二神探"的课，可没排在他的课程表上。他宁愿我们上其他课程。

---

① 译注：Eugène François Vidocq, 1775-1857, 法国犯罪学家，早年曾犯罪坐过牢，后来转而协助警方破案，促成法国侦缉部门的成立。曾出版过一本回忆录，其传奇的一生曾经影响诸如雨果、巴尔扎克等作家的作品。

安沙地医生负责法律课，他是奎格昔日在圣卡洛斯中学的同窗。安沙地告诉我们，法律是一种口才艺术；律师不论要证明人无辜或有罪，都要使出最高明的手腕，并利用一般人在受到附和而非反驳其偏见时较容易被动摇的天性，搬出说辞来驳倒其他可能性。同学当中，克劳森和米兰达都是律师的儿子，所以只有他们没在法律课打瞌睡，后来还成为律师。至于剩下的人，我们都不爱监狱和艰涩难读的书，在我们看来，这和犯罪调查时可能遇到的危险和考验脑力的刺激，全然不同。就连奎格自己都对法律没什么好感：

"我们这些侦探是大师，律师和法官呢，是抨击我们的评论家。"

我在这里交到的唯一朋友崔维克，曾在他父亲收藏的《爱丁堡学报》读过德昆西（Thomas de Quincey）的文章，便壮胆纠正他：

"杀人犯是大师，侦探是抨击他们的评论家。"

奎格并没有答腔，他喜欢把回答留到后来再说。崔维克是学生里胆子最大的一个，当奎格在屋子里布下线索，让我们不断练习，崔维克总是比任何人都投入；据说，他搜寻得极为仔细，就连奎格太太的卧房也不放过，还翻找了她的衣服。崔维克没有肯定这个传言，但也没有否认：

"犯罪调查不该划地自限。"

我怀疑谣言的始作俑者是崔维克自己，包括另一个挥之不去的传言也是。据传奎格是为了找助手，才创立学院。新闻媒体经

常抨击奎格少了跟班，没人参与他的推论以及帮他写下故事。奎格的本领不比其他的神探差；相反地，他和阿萨奇及马格雷里并列最能干和最精明的神探。然而，因为没有助手，让他比起其他同行来的逊色许多。葡萄牙神探萨卡拉有个伶俐过人的助手，名叫贝尼托，是个巴西黑人；卡勒·劳森是英国女王册封的爵士，也是苏格兰场最有名气的合作伙伴，他的印度籍助手叫谭大维，日夜都跟在身边，形影不离，有时他在神探的调查途中制造假线索和布下真的危险，只为了到时有个故事可拿来宣扬。跟路易·达朋互争巴黎神探头衔的阿萨奇，其助手谭纳则上了年纪。他患有肺结核，驼背，来日不多的日子都专心照顾他的郁金香花园，通过通信和神探主子合作。

　　奎格为找助手而创立学院，并不是什么异想天开的点子，大伙虽因此兴奋不已，但都不敢告诉彼此。当时，已经有好几位学生对于等着他们的陌生世界心生畏惧，纷纷放弃课程。对于期待犯罪调查是一种智力游戏、一幅精神拼图的人来说，参观监狱、认识恶名昭彰的杀人犯，亲临无政府主义分子卡帕逊的枪决现场，看到他即使被子弹贯穿身体，嘴里仍不停咒骂行刑的刽子手，处处都让他们沮丧。当然，他们虽然半途而废，不过都不敢承认自己害怕或是期待落空；大家都假装想法忽然间成熟了，知道自己将来要走的路：他们希望继承父业，成为律师和医生，当个居家男人，同样关在烟雾弥漫的厅堂里，总是因为急事而出门在外。离开的人越多，剩下的人最后雀屏中选的机会也就越大。

然而，我们心里都明白，如果奎格创立学院只是想找助手，他已经找到了。不管崔维克再怎么费心思克制自己的冷嘲热讽，取悦老师，最获青睐的学生仍是阿拉尔贡。加布里叶·阿拉尔贡皮肤白皙，连血管都清晰可见。他长得俊美，比起男人，那美貌更适合女人，所以我们死缠烂打地追问他有没有姐妹或表姐妹。奎格乐于在推翻我们的推理练习时，流露高高在上的傲气，表现出比我们还精明的模样。他渴望击败我们这些学生，但是更希望阿拉尔贡能青出于蓝胜于蓝，当他的爱徒那像是女人的小嘴，吐出胜过他的推理时，他会带着加倍的骄傲露出微笑。

我们讨厌阿拉尔贡受到偏爱。我们讨厌他的原因还有一点，就是他的家境比所有人都富裕。他的家族是远洋轮船的造船商。他大可当上大使，或者将人生挥霍在旅行和追求女人上，可是他却选择跟我们竞争，打败我们。尽管我们讨厌他（崔维克和我尤其对他没好感：我是鞋匠的儿子，崔维克则是当时城里为数不多的犹太律师之子），我们还是不得不承认他的优异表现（这让他更完美，并没有减少我们的反感）。阿拉尔贡似乎总选择出人意料和与众不同的途径来解决所有事情；他从来不开口致歉，仿佛所有的门都敞开着让他通过。他和奎格夫妇的亲近引人注目：他

每天下午都会去看望奎格太太，并与她共进下午茶。当神探出远门，他则会花好几个小时陪伴她。对她来说，阿拉尔贡是丈夫的替代品，当然，只有在下午茶这件事上。

我记得当奎格搬出侦探都疯狂着迷的密室案件时，阿拉尔贡答道：

"将命案视为密室案，等于将犯罪调查逼进死巷，意味着相信密闭是门无法超越的艺术。所谓的密室，是不存在的。这样的称呼根本是预设了不可能性。要解决问题，就要对症下药，别将我们的用字不妥和处事不当混为一谈。"

我们讨厌他，但是不跟他竞争。我们其他人之间相互竞争。我们在只有第一名才有未来的前提下，争夺老二的位置。遇到奎格出门办案的日子，秩序就会松懈，大家比平常还早下课。崔维克则一脸困惑地站在大门边，看着阿拉尔贡非但没回家，反而踩着从容轻盈的脚步爬上楼梯，接受奎格太太过度热情的招待。

5

学院的二楼，有间我们从未用过的会议室，中央摆着一张环绕着椅子的椭圆形桌。桌椅都相当笨重，难以搬动，仿佛木头已经逐渐石化。我们称这里为"绿厅"，因为某个画家在天花板漆上了枝桠跟藤蔓的图样。他刚开始应该是秉持着耐心和毅力来画，到了最后却对植物感到厌恶。嫩芽和叶脉的精细笔触从窗边往内延伸，之后逐渐变成仿佛被暴风雨肆虐而糊成一团的枝叶。房间墙壁铺了一层暗色木头，上面挂着剑、火绳枪以及武器盾牌；这里的一切有种不真实的感觉，好似走进了古物商铺。这个房间，就像遭弃置的废墟，原本的计划已停摆——例如当作共济会秘密集会的场所，或者奎格太太原本打算布置成饭厅，招待有头有脸的人士，只不过这些客人从来没有机会到来。我们围着桌子坐成一圈，桌上除了灰尘，空空如也。奎格开口说道：

"各位，大家在过去这一年来，都学会了所有能传授给你们的犯罪侦察相关课程，我是指所有能在课堂上学到的东西。不过，人生才是一辈子的导师，尤其是面对死亡这个课题的时候。理论面的知识有限，在限制之外，就得靠直觉判断，但可不是我们未

来的灵魂论信徒崔维克同学坚信的那种超自然，而是指那突然跃上心头、属于细枝末节的知识。所谓的直觉就是记忆，所以，直觉来自过去的经验：直觉是记忆的一种特殊表现方式。大家的目标，是在这混乱的一生中遇到不同的限制时，找到相同的模式。"

我心不在焉，手指在覆盖桌面的灰尘上写下自己的名字。

"我一直等待着一个适合拿来做实际犯罪调查的案子，现在总算等到了。"

奎格在桌上摊开一页报纸。我们想找到醒目的大标题写着某个老实的裁缝师遭枪杀身亡，或是在河面上发现某个女人的浮尸，可是报纸上只有巫师卡立当的演出广告；他就是奎格刊登创立学院的广告时，上岸来到我们城市的那一个巫师。当时伟大巫师的来访稀松平常，现在则不若以往那么频繁。在欧洲，各种幻术表演十分流行，民众挤进剧院，就是为了观赏打架的骷髅，发光的幽魂，被砍掉脑袋还在叽里呱啦讲话的人，以及其他利用灯光和镜子效果营造出的表演秀。

"我以前就注意到，这个巫师巡回表演所到之地，总恰巧发生凶杀或失踪案。受害者通常是妇女：纽约有个合唱团团员失踪，布达佩斯则是花贩失踪，在蒙得维的亚有个浑身鲜血的卖烟女摊贩横尸街头。柏林警方曾以杀害护士的罪名将他逮捕，可是他们找不到证据。从被发现的少数几具尸体（因为凶手习惯藏匿或毁掉尸体）显示，他会将受害者放血，再用漂白水洗净尸体。他总是照同一套方法进行清洗的仪式。"

奎格介绍这件案子时神情冷漠，我们六个人则气得手指叩叩敲打；只有阿拉尔贡和老师一样，冷淡以对。他们俩是卸下了憎恨才上战场的。

"这个巫师还会在城里待上十五天。等他启程前往巴西时，我们就失去了调查的最好机会。现在，我会继续解释这个案子，讲解如何分辨巧合和必然性的重要，但是，各位如果真的是优秀人才的话，应该要丢下我一个人在这里自言自语，丢下我这个侦探在处处灰尘的房间内唱独角戏。"

我们六人急急忙忙冲向出口，不过，此时的阿拉尔贡已经不见踪影。

6

我们买了演出门票，端坐在维多利亚剧院杂乱的观众席上。

首先是欣赏表演：我们想在刀光剑影、断头游戏和真正的凶杀案之间，揪出相似之处。可是，我们经验不足，而巫师边开玩笑边耍魔术，

和我们预期中杀人犯的严肃模样大相径庭。卡立当并没有刻意突显自己的名字跟表演伎俩给人的神秘感，而是拿自己虚假的异国情调开玩笑。

第一次看过巫师和他的伎俩之后，大家纷纷制定自己的策略：崔维克假扮《民族报》记者，到巫师的化妆间采访；米兰达则勾引剧院的一个女领位员，让他能任意搜查那些中国屏风、钻了孔插着刀剑的箱子，甚至是放着爱伦·坡断手的大箱子，那只手会在舞台上不停地写着诗作《乌鸦》的叠句。菲德力克·雷摩斯·帕兹的伯父是巫师下榻的安寇纳旅馆的老板，所以他假扮旅馆的服务生，潜入房间搜寻线索。我则从调查过去的档案资料下手。黄昏时刻，我们约在剧院转角的咖啡馆碰面，交换没多大进展的消息，但独缺阿拉尔贡。我们既嫉妒又难过，想象着奎格派他进行更重要的任务，却拿巫师的表演引开我们。由于大家彼此不信任，所以都藏匿着自认是最重要的部分。我们装出一副神秘兮兮的模样，却扯些根本不重要的枝微末节。

我们调查得越是深入，便越是相信这位比利时籍的假印度巫师就是凶手，而他之所以逍遥法外，是因为他总是挑选没有背景的受害者，比如外来移民的女儿、没有家人照料的单身女孩。

一个礼拜过后，我们聚集在"绿厅"交报告：布满灰尘的桌面上还留有我们的手印，好似上次开会留下的回忆。我们报告查证过的事件，吹嘘巫师的表演作为介绍嫌犯的开场白，并翻出他的过去。奎格一脸无趣，但仍佯装听着我们的报告；偶尔，他会开口赞赏某个学生别出心裁的创意——他喜欢帕兹假扮旅馆服务生的点子，赞同我调查资料认真又有条理，不过他的称许无精打采、嗅不出真心，我倒宁愿听到他大叫、责骂，或是露出轻鄙的表情。

他只有开口讲话时，才似乎抛掉忧伤的情绪。因为他能听着自己最喜欢的声音，也就是自己的嗓音。

"犯罪调查是思考的动作，哲学所追寻的依归。学校里教的哲学，最后不是成了哲学演化过程中的历史，就是依旧还是原本单纯的哲学。我们侦探是理性思考的最后一线希望。所以，我要求各位的线索要确实，不要浮夸重要性。搞清楚花瓣背后真正的意义，要比在血泊中发现刀子还来得有价值。"

当我们一脸茫然地听着奎格侃侃而谈时，他的眼神则飘向门口；他正在等待阿拉尔贡，等他指望的学生回来这里报告跟监的成果，让我们的争相表现相形见绌。他等待着阿拉尔贡交出确切的证据。时间晚了，大家开始陆续离开；最后只剩下崔维克、奎格和我。为了化解尴尬气氛，崔维克便说奎格一定是派阿拉尔贡处理什么重要的案子，也就是所谓的"密室"杀人案，在当时被认为是犯罪调查的最高境界，至于我们，却拿什么印度假巫师来打发。奎格的视线仍紧盯着门口，他答道：

"每件命案都是'密室'杀人案。而密室，指的是杀人犯的内心。"

7

结束在土库曼和柯多巴城的内地巡回表演后，巫师卡立当回到维多利亚剧院，举行四场告别演出。巫师的帮手原本是个高个子女孩，相当纤瘦，看起来就像魔术制造出的幻影，我们看到她被换下，改由一个穿着蓝色制服、仿佛来自军队的年轻男孩上场，也就是阿拉尔贡。阿拉尔贡担任他的男帮手，操纵机器，移动屏风，他自告奋勇当刀剑游戏的人肉标靶，让自己的头颅连上通到黑色机器的线缆。据说那台机器能把帮手脑袋里想的东西，投影到白色的屏幕上；我们看到几条鱼，几枚掉落然后不见的硬币，一个裸女的身影；我觉得那根本就是奎格太太的翻版，不过我可没胆告诉别人。阿拉尔贡比我们都还要更进一步，他埋伏在巫师身边；相形之下，我们妄想接近的笨拙方法，就像小孩的玩意儿。舞台上的他依然看得出部分的女性化外貌，在某些场景中会给人暧昧的错觉。但演出的气氛阴森，观众都不敢嬉笑。

我们依旧在学院的会议室开会，不过各个都垂头丧气；我们希望奎格能让我们解脱，结束课程、终止任务，不要再抱着希望。奎格已经找到助手了，没必要再继续下去。但是，他继续给我们建议，至于找助手一事，只字未提。

接下来几天，阿拉尔贡还是没来学院，奎格开始问我们是否有他的消息。我们对他的问题感到惊愕，因为奎格应当跟他保持联络，而不是我们。维多利亚剧院表演已经结束，报纸报道巫师将前往蒙得维的亚。

一天下午课程结束后，奎格给我一叠钞票，要我当晚就前往蒙得维的亚。

"阿拉尔贡音讯渺茫，他的家人已经开始担心。"他低声告诉我。

"我相信他会带回让您惊喜的调查结果。"

"我学会的教训，就是讨厌惊喜。"

夜幕降临，我搭乘夜间的蒸汽轮船渡河；船身晃个不停，我一路上都睡不着觉。我买了当天在马可尼剧院演出的正厅票。首先上场的是钢琴师，弹奏黄铜片击弦发声的钢琴；接着是一群人朗诵某种悼文，还有两名高卓牛仔打扮的演员，分别代表普拉塔河两岸的阿根廷和乌拉圭；我就在这一段敌不过瞌睡虫的侵袭，直到卡立当的表演快结束时，才惊醒过来。我看到的表演不多，

但足以知道阿拉尔贡的角色已被一个黑人女孩取代，那个女孩的皮肤涂抹了一种油，乍看会给人那是雕像的错觉。

我发了电报给奎格，通知他消息；隔天他就来到城里，下榻雷汉西亚旅馆，旅馆的尽头有几张台球桌：这个游戏当时是新玩意，以意大利式的规则来玩。奎格一杯接一杯地喝着白兰地，安静地听完我的报告。

表演结束后，我们来到巫师的化妆间。卡立当套着金色的袍子接待我们，嘴里叼着一根埃及烟。奎格带着胆怯和犹疑走了进去，我不知道那是他精湛的演技，还是巫师让他备感威胁。

"我是私家侦探，受阿拉尔贡家族的委托。"

"我很清楚您的底细，您是十二神探俱乐部的创始者。我一直记得那桩断手凶杀案，还有如何从杯子里残余的酒液开始调查……"

奎格没等他说完：

"加布里叶·阿拉尔贡是家族最小的儿子，您曾雇他当帮手，如今他却下落不明。"

卡立当对我们的出现似乎并不害怕，不过，他迟迟不肯卸妆，像是不想让我们看到他的真面目。他的语气温和，一如杀人凶嫌常用的语调（至少《犯罪线索》是这么说的）：

"我雇用那孩子参与五场表演，可是他不叫阿拉尔贡，他自称纳塔里欧·吉拉克。我没过问太多，秀场上所有的名字都是假的。两位可以想象，我不叫卡立当，也不是印度人。我表演魔术向来都雇用女孩，可是之前的女帮手生病了，吉拉克代替她之后，也表现得不错。我付给他的报酬也很优渥。我很想带他来蒙得维的亚，但莎亚娜已经在这里待命，我跟这个黑人女孩合作过几次。观众来秀场不是看我，而是要瞧她一眼，我不能让他们扑个空。"

多年来，我看过奎格犯罪调查的故事，他往往以看似简单的问题质问嫌犯，直到对方一个不留神，犯下致命的错误；《犯罪线索》杂志里提到，奎格掌控情势的能力，无人能出其右。可是在巫师面前，奎格就像个蹩脚胆小的警察，相信了对方的第一个谎言。他没再多问什么，只是连声道歉，然后走出化妆间。他也不让我监视巫师，一窥他的庐山真面目。天亮时，我们离开蒙得维的亚。我们两倚着蒸汽轮船的栏杆，沉默了许久，直到奎格开口：

"看，阿拉尔贡掰了什么假名：纳塔里欧·吉拉克。"

"有什么不对吗？"

"吉拉克（Girac）是奎格（Craig）这个名字的重新排列组合。至于纳塔里欧，是我已故独子的名字，他不到一岁就夭折了。"

尽管阿拉尔贡家族不断施压，奎格在接下来几天依旧按兵不动。就算他有什么调查真相的秘密计划，也没吐露半个字。侦探对于某些案子，会提不起劲儿或丢着不管，不然就是某段时间像个疯子一样锲而不舍；但到后来会看到，先前的漠不在乎或懒散，

其实只是为了进行天才计划的守株待兔。只不过奎格的出击似乎慢了点儿。

加布里叶·阿拉尔贡出身造船世家，其家族的造船厂供应好几个国家的商船，势力庞大。各路的密使连续几天都来拜访奎格，逼问他男孩的下落。奎格一一接待他们，并跟每个人要求时间处理。警方则抢先一步，巫师才刚从来自蒙得维的亚的轮船上岸，立即遭到逮捕。

各大报头条铺满了巫师遭逮捕的画面：他假扮印度人行走江湖，缠头布，皮肤涂抹焦油，一袭金黄袍子。奎格把我们收集的资料全交给警方，不过里面既没有失踪男孩的线索，也没有卡立当犯案的证据。警方接连十五天日夜审问卡立当，尽管巫师遭到刑讯、又冷又无法睡觉，差点儿没发疯，还是不肯吐露半个字。无论如何都没办法起诉他的情形下，警方将卡立当从牢房释放。他被限制不得出境，每四天要向警方报到一次，确认他还留在城内。

加布里叶·阿拉尔贡的失踪，让学院关门大吉。过去对神探歌功颂德的报纸，此刻炮火不断：猛烈抨击他将一个新手、懵懂无知的孩子送上一条不归路。其他学生在家人的施压下，放弃再来上课；我和崔维克则决心死守空楼，仿佛是对奎格投下信任的一票。我们帮忙分类法医博物馆物品，清理显微镜并上油，虚掷时间等待复课。最后，连崔维克都走了。

"你家人要你离开吗？"我问他。

"才不，是这里太无聊。"

我有合理的借口继续留下来，几个月前奎格托付了我文件归档的任务。我每天一大早抵达后，先到厨房，安荷拉会替我准备马黛茶和托雷哈油炸面包。她是用前一天剩下的面包做的：将面包蘸抹蛋汁，接着涂上糖，最后丢到油里炸。有时我会和奎格太太一起喝茶，她跟我聊天，一如之前和阿拉尔贡一样。我试着鼓励她，不过她仿佛越来越苍白，整个人随着阿拉尔贡的失踪和丈夫的失败，越来越黯淡。

8

奎格再也受不了记者的抨击，答应解决这件悬案，他称为"我的最后一起命案"；但这样一来，似乎就是承认自己有个地方失败了，他的侦探生涯无法再继续下去。我相信这会带来惊人的效果（果然没错），当他宣称这是"我的最后一起命案"，有时则以第三人称说"奎格的最后一起命案"，众人纷纷带着敬意，闭上了嘴巴。之前攻讦他的人现在都噤声了，这并非是奎格让人肃然起敬，

而是他的决定值得尊敬。

白天，他待在学院内足不出户，害怕记者、好奇民众以及阿拉尔贡的双亲派来的警探跟踪或纠缠他。我没办法和他说上一句话，他把自己关在书房里，在黑皮本子做笔记。他的字迹就像一排不知该往哪里去的蚂蚁。

我相信，当时奎格已经被击败，但他仍在人数逐渐变少的记者前，在已深居简出的妻子前，还有在我这个唯一愿意听他说话的人面前声称，解决办法就快要出来了。有一晚，当我准备回家时——整理他的旧文件，我越来越佩服他过去的彪炳战绩，并为他现在的处境深感同情——他要我陪他到"绿厅"。

他仿佛只是在告知一个别人的决定，或者是人生中一个自然而然的安排；他告诉我，从此之后，我就是他的跟班，没再多强调什么。

"可是您说过永远都不会有跟班。"

"所谓的'永远'是不存在的；这样，我们就不会那么在意诺言，过分推敲字句。尽管我们目前处境艰困，这个任命还是会通知十二神探，正式生效。"

在这一刻提起"十二神探"，让我有种突兀的感觉，但同时又燃起希望：为了自救，奎格仿佛重新找回令人惊叹的卓越能力，那是我一直深信不疑的能力，他的失败仿佛一扫而空。有那么几秒的时间，我就像看到自己的名字出现在《犯罪线索》杂志"悄悄话"专栏①。侦探揉了揉眼睛，似乎从沉睡数日的梦中醒来，他继续说道：

"你知道这份工作不会太久，这是我的最后一起命案。"

我挺直身体，他坚毅的声音伴着典礼上的那种严肃气氛，让我不由自主地脱口而出：

"我希望这不是您的最后一起命案，我希望这是一个新的开始。但如果事实真的如此，如果城里杀人犯从此高枕无忧的那天真的到了，那么能在您的告别演出里扮演一个小角色，实在是至高的荣耀。"

奎格点点头赞同我的话，没有太多表示。

我从那天开始工作。当时巫师违反规定，没到警局报到，从城里销声匿迹。我跑遍了所有可能收留他住宿的旅馆。奎格偶尔会跟我一起去，我期待着我们之间能有神探和跟班之间的那种经典对话。英国神探卡勒·劳森的印度助手谭大维，假装自己是外国人听不懂，故意要主子巨细靡遗地解释一遍；来自法国北部阿尔萨斯的谭纳，讲起话来几乎是自言自语，只有阿萨奇告诉他惊人的

---

① 《犯罪线索》最后一页，有块标题叫"悄悄话"的专栏，告知侦探的生活花絮。有时，我觉得这一栏的内容有些琐碎（告诉读者卡斯特维亚神探抽鼻烟上瘾，罗荷神探花费许多时间查遍马德里某区的妓院，或者卡勒·劳森神探的婚姻最后以失败收场），不过读起来倒是很有意思。

发现，他才会提高音量；德国纽伦堡神探托比亚斯·赫特的助手
弗利兹·林克，则问些答案呼之欲出、很容易被当成傻瓜的蠢问题。
所有的神探都会和他们的助手对话，我们师徒俩却默默并肩而行。
我试着说些蠢话，假装相信能轻易猜到的看法、表面上明显的线索，
希望奎格能以他独门的逻辑分析法，替我点出一条路；但是他一
直不吭声，我们两个在黑漆漆的夜里安静地走着，仿佛推理虽然
可预见，却无计可施：没有什么好说的。

维多利亚剧院的老板是个异常肥胖的男子，年轻时曾当过男
高音歌手。他让我们检查表演厅，害怕有嫌疑的演出者会带给他司
法上的麻烦。这间剧院简直就像座错综复杂的迷宫，连老板本人都
不太认得路；地窖里和横幕上还留着从前演出留下来的舞台布景，
我们在半昏暗的光线当中，撞到威尼斯的桥，石膏鹳鸟，中国皇宫。
看不到尽头的地窖传来细碎的声响，仿佛下面除了昔日布景的道
具之外，连从前参与演出的戏班子，也都跟着遭到遗忘的戏剧一
起被埋藏。

雷纳多·奎格开始着手搜寻线索，但是经历挫败的打击后，
他显然无法专心调查。奎格讨厌剧院早已不是什么秘密，全体学
生都听过他解释这种厌恶从何而来，甚至连《犯罪线索》的每个

读者都知道①。于是，这项烦人的任务就交到我手里。我拿着放大镜，翻遍了化妆间所有的木头地板，寻找纸张、头发或是信件。我在一个庞大到连门口都无法通过的衣箱底下，找到了一张船票的收据，便拿给奎格看。

"先生，他溜出境了。这是'哥里亚多号'的船票，船在一个礼拜前离港。"

奎格拿着船票，用放大镜仔细检查。

"船票看来是真的，但我怕卡立当买船票是要误导我们。我敢说，要是去一趟轮船公司调查，他们会告诉我们，客舱的床位是空的。"

---

① 虽然大家认为雷纳多·奎格是布宜诺斯艾利斯的第一位侦探，但实际上他算第二位。真正的始祖大名叫作哈辛托·维耶德士，他最先是侦缉队队员，经过几次成功逮捕罪犯的亮眼表现之后，他搬来城里住。维耶德士把他的专长成功运用在城市犯罪上；他在调查旅馆房间、公司商号大厅、火车站这方面，并没有特别出色，但在过滤骑士的足印、草地上的蛛丝马迹，或是火堆的灰烬等方面则特别擅长，连警方都经常叫他来犯罪现场协助调查。他喜欢在众人围绕下，以推理迷惑他们，但他说的话只有一半合逻辑，另一半则是街头巷尾听来的。有个意大利剧院大亨发现他的特殊本领，认为千载难逢，便决定在阿根廷剧院筹演一出戏剧。于是维耶德士和小丑法兰克·布朗一起出现在海报上。这出戏剧虽然让他一展自己的专业本领，却也让他的可信度扫地；大众从此认为他只不过是个演员。尽管奎格知道维耶德士的确具备侦探的天赋，却认为这位前辈亵渎了犯罪调查的技术。奎格神探憎恶剧院，是因为这些表演场所会让他想起这件往事。他也怕推理的独角戏，会变成空泛的表演。维耶德士当侦探时，从来没有跟班，但他一踏入戏剧界，便认为应该要有人演出天真的民众、莽夫，说些蠢话来衬托主角的推理。

奎格将船票翻过来。检查边缘留下的鞋印。

"卡立当用脚把票扫进箱子底。这里留下了痕迹。你是鞋匠吧？"

奎格竟然知道我的背景，让我大吃一惊。我从来没说过这件事。

"是鞋匠的儿子。"

"能不能告诉我，这是哪一种鞋？"

我只花了几秒就知道答案。

"那是水手鞋的鞋印。"

"确定？"

我指着纸片上淡淡的线条。我真高兴终于能露一手给奎格看，尽管他不确定我是否真的知道答案。

"这种鞋的鞋面宽，鞋底的凹凸纹路，能紧紧抓住甲板上的湿滑地面。我想他应该是假扮水手，混入船员当中，以免被人发现。"我不认为这个推断正确，但是我想这个答案，比较符合助手的身份。

奎格接受了我绞尽脑汁的推理，他的声音听起来得意扬扬。

"完全不对。他是假扮水手躲在港口，等到风声过后再离开城市。他可以靠高超的扑克牌本领赢钱，不怕生活费没着落。"

奎格是城里的熟面孔，加上他讨厌变装，所以由我这张陌生的脸孔跑遍港口一带的陋屋。水手们总窝在密不通风的空间里，在黯淡灯光下，想要以陆地的烦闷逃离旅途的烦闷；他们装作聆听着手风琴手慢吞吞的演奏，或钢琴师飞快的弹奏；他们假装和女孩子聊天，而她们的容貌一旦暴露在白天的阳光或灯光底下，准会让他们吓到下巴掉下来。大家挤在狭小的房间里，交换小玩意儿、外国钱币、鸦片、传染病以及窃窃私语。

我偷偷潜进那些地方，想一窥究竟；我试着想象哪张脸孔才是卡立当：他的脸应该已经卸除印度人的肤色以及舞台上惹人注目的油亮，加上胡子和便帽，动作低调，不想引人注意。我搭讪了几个外表看来温和的男人，但是难以确定究竟是否他本尊。有个葡萄牙人不停地念叨他可怜的老妈拿匕首捅了别人一刀，只因为那人居然胆敢纠正她提起一艘船的船名时发音不标准；有个看上去腼腆温和的矮子，额头上有一条长长的刀疤，竟将一个嘲笑他外表的醉汉开肠剖肚。没人惩罚这些罪犯。我盯着葡萄牙人不放，同时也监视矮子，此刻我脑海里唯一浮现的想法是，其他人或多或少也都背负着几条人命，不过这些人的所在之地是片国际的领土，所以没人想插手管。

要摆脱鸭子听雷的水手对话、甩开贪婪翻找我口袋的妓女，和朝我投射怀疑目光的卧底警察，可真不简单；两个礼拜后，当我已习惯夜夜买醉，终于听到某个法国船长在扑克牌比赛赢得大笔钱财的消息。

他在一间存放舶来品仓库楼上的秘密赌场大秀赌技；我隔着脏兮兮的玻璃窥见里面的动静，但没办法溜进去，因为大门有两

个模样凶狠的流氓看守。我在绵绵细雨下，等待假冒的法国船长
横扫全场后踏上归途。最后，他终于出来了，他没蓄胡子，整个
人缩在披风里，让他跟卡立当判若两人的不是外表的变装，而是
一种从内而外散发出来的自信，他相信没人能认出他，只专心隐
身在人群当中。我远远跟踪他，小心翼翼，佯装醉汉歪歪斜斜地
走路；他没回过头看我，步伐坚毅，丝毫没被酒精或恐惧所影响。
只有一只黑猫让他停下脚步，因为他不想和猫擦身而过；接着他
进入一间看上去摇摇欲坠的屋子。

　　隔天一大早，父亲都还没进鞋铺工作，我就上奎格那里去。
不论我什么时候去找他，他总是清醒的。我告诉他我的发现，描
述快倾倒的屋子；我提醒他，港口的所有东西寿命都不长。

　　"干得好。不过现在该我上场了。我已经让一个孩子付出宝
贵的生命，可不想再重蹈覆辙。"

　　大门完全关上之前，我似乎看到了奎格这几个礼拜以来的第
一次笑颜。

9

五天过后，奎格将曾经诋毁他的记者约到"绿厅"见面。里面有个民族报的特派记者，他满脸雀斑、脸色苍白，一副就算天塌下来都要紧紧抓住笔和纸的模样，似乎随时会蹦出什么吓他一大跳的新闻。讲坛报的记者则是个年约三十的男子，印第安人长相，装出绅士般彬彬有礼的举止。据说，他若是拿到什么好新闻，总是转手卖给出价最高的买家。另一个记者因为个子太高，老驼着背，模样就像一个问号。他在蒙得维的亚一间报社工作，该报社一直持续关注这件案子。还有三名陌生脸孔，我猜大概是阿拉尔贡家族派来的代表。

"正如我对各位保证的，这件犯罪调查已经结案。我们最怕的事果然发生了：加布里叶·阿拉尔贡已不幸罹难。他的尸体被藏在维多利亚剧院的地窖里。现在，警方正将尸体搬运出来，尸体上裹了一层加速腐化的石灰。"

"怎么找到他的？"

"恕我无法向各位透露办案细节，免得罪犯心生戒心，知道以后怎样才能不留线索。不过我可以告诉大家，不管是你们所认

识的卡立当，还是真名为尚巴堤·葛哈的他，这个罪犯其实饱受癫痫发作的折磨，害怕衰老到了病态的地步。他相信饮血能够青春永驻。他自信满满，认为只要留下每个受害者的一件物品，他那令人发指的恶行就不会受到惩罚。"

奎格打开一个宽大的方形盒子，是妇女存放帽子的那种盒子。

"阿拉尔贡打算阻止他犯案，违背了我的告诫，当上他的帮手。我不知道他用了什么方法，让对方愿意雇用他。但是他被巫师的技法迷惑。他利用接近巫师的机会搜寻证物，找到了巫师从受害者身上收集而来的纪念品。"奎格从盒子里拿出一枚黯无光泽的奖章、一件僧侣披肩、一块花边，以及一绺绑着黄色丝带的头发。"这些令人毛骨悚然的宝贵证物，让阿拉尔贡有破案的错觉，可是，被监视但也监视着他的巫师，发现这件事并下手杀了他。他喝下阿拉尔贡的鲜血，如同对待之前的女性受害者一样。接着，他处理掉尸体。"

记者们飞快地做着笔记。奎格故意在最后一刻才叫他们过来，让他们没时间问太多问题，因为他们得赶回去截稿。他们离开之后，神探仿佛顷刻间用光所有的力气，他颓坐在椅子上，双手抱着头。

还是让他安静一下吧，但是千百个问题在我脑海里盘旋不去。"我是您的助手，难道也没资格知道办案方法，厘清整件事的来龙去脉吗？"他不吭声，所以我伸出手搭在他的肩上。肢体接触是奎格无法忍受的事情之一，但是，我太过好奇，竟把骇人听闻的命案当成天赐的良机。

"好吧。"他说，支起身子，一脸不悦，"方法、推论、追查线索。萨瓦迪欧，我要给你上一堂课，让你瞧瞧连十二神探都办不到的方法。"

此刻，他仿佛充满邪恶的力量，拉着我出门。我们行色匆匆，失眠多时的奎格走在前面，手里拿着照亮的灯。我默默地跟着他的脚步，暗自抱怨怎么不叫辆马车，因为一路上我们都不得休息。他仿佛听到了我内心的嘀咕，回答道：

"我们要去的地方，车子到不了。"

我对城里这些破烂的黑暗角落并不熟悉。我们经过一棵倒下的树，接着是一匹死马。白骨在月光的照拂下闪耀着光芒。这晚稍后，我目睹了比那糟上千百倍的恐怖画面，但是接下来几晚的噩梦更是怪异，马明明瞎了眼，灼灼的视线却盯着我不放。再过去一点儿，有间破烂的屋子，那里就是我们的目的地。奎格打开没用钥匙或挂锁上锁的大门。高处有些玻璃已经破碎，皎洁的月光从那里照了进来。我感觉好像听到了低喃声，但那只不过是苍蝇的嗡嗡声。

屋子的中央，有具倒吊的男人尸体。从梁柱垂挂而下的一条绳索绑住他的脚。奎格将灯拿高，让我仔细看清楚。尸体赤裸，

全身布满干涸的血迹，失去生命力的双臂则张开着，就像不晓得多少个夜晚以来，他在远方的剧院里接受观众赞赏的那种动作。尸体下方聚集的一洼血水，开始渗入地面。

"他撑了很久才告诉我阿拉尔贡的尸体藏在哪里，直到最后一刻，他似乎都相信某种巫术会救他一命。"

"那您打算怎么处理……这个东西？"

"只要一想清楚，我就会去警局投案。我已经想好解释：我是跟踪扑克牌赌徒的线索来到这里的。警察非常清楚那些惩罚老千的残忍手段。于是就这样，奎格侦探的最后一起命案落幕。"

我走出那间破屋，感觉蓝色的苍蝇紧紧跟在后面。我不敢大半夜一个人孤零零回家，得等奎格出来，跟着他走。我不想走在他旁边。奎格走在前面，离我约三十步的距离，他高举着灯，替我指引道路；我甚至感觉，那盏曾经照亮过巫师惨死画面的灯，似乎发出了腐败的臭味。

10

之后，我回到父亲的鞋铺帮忙，开始专注学习各种鞋底的切面，这后来成为我的专长。我不知是否说过了，萨瓦迪欧鞋铺只制作男鞋，我父亲不愿碰触女人的脚。他看到我闷闷不乐，所以试着想让我开口说话。为了不让父亲担心，我让他以为是恋爱的烦恼。我父亲松了口气，笑道：

"男人一旦碰到女人的脚，就输了。"

接下来几天，母亲要我吃丰盛点儿。她帮我准备了牛肉南瓜意大利面，但是我无法吞咽肉类。

有天下午，一个十二岁左右的小男孩走进鞋铺，他的个头矮小，戴着一顶比他的头还宽大许多的蓝色便帽。他问起席穆多·萨瓦迪欧先生，我迟疑半晌才回答我就是，因为从来没有人喊过我先生。他交给我一个信封，上面的字迹圆润、娟秀，出自女人之手。

我的丈夫莫名生病了，目前躺在医院里。需要托付您最后一项任务。我下午都在家。

这封信没有抬头，也没有签名，奎格太太仿佛害怕这信可能落入陌生人或敌人的手里。我用黑色的鞋油擦亮父亲帮我做的鞋子——据他说，这种鞋油也可以当作涂抹烧烫伤和伤口的膏药，然后离开鞋铺。

女佣开了门，爬上楼梯的同时，我瞄了一眼积满文件跟灰尘的厅堂。奎格太太在顶楼，坐在一张白色的椅子里等着我。昔日喝茶用的桌子，如今像是被弃置在一座冬季的花园里，桌子周围全是长满荆棘的暗色植物，绽开的花大多巨大肥厚。女佣赶紧端来了茶和糖罐，当我打开盖子，却发现里面是空的，我担心奎格太太因为丈夫生病，生活陷入了困境。

"请用吧。"她说，我则假装加糖。让残余的两三颗糖粒滚落到到热茶当中。

"您先生还好吗？"

"医生找不到病因，他是精神方面病了。"

"我可不可以去看他？"

"还不行。但是您可以帮他做些事情。最近这几天，他一直跟我提一件事。请您仔细听好。"

"是的，太太。"

"五月的时候，世界博览会将在巴黎开幕。我想，您应该在报纸上看到过兴建中的展览馆以及铁塔的照片。十二神探受邀参加。"

"全部吗？"

"全部。这是有史以来的第一次。"

我的手开始颤抖，差点儿摔落茶杯。阿根廷的报纸巨细靡遗地追踪这次博览会的准备工作，仿佛那是属于我们的一场盛事。据说，阿根廷馆的规模和豪华程度，远远超过南美洲其他国家。而船票老早就预订一空。但是，对我来说，神探们聚首这件事，远比各国的宝物、艺术宫展出的作品，以及机械馆的发明来的重要。我想我跟大家都一样兴奋，神探聚首的光芒，盖过了铁塔。

"神探有自己的展览馆吗？"我问。刹那间，我想象所有神探仿佛蜡像一般站在橱窗里陈列台上，供人瞻仰。

"没有，他们要在努曼西亚旅馆开座谈会，然后在旅馆大厅展示各自的犯罪调查器具。到目前为止，他们大多每次三个人聚会，最多六个人，但是这次有十二个人。嗯，十一个吧，少了我先生。"

我没听错吧？奎格要缺席史上头一遭的十二神探聚会？

"他得抱病出发。您可以陪他去，再找一位护士同行。"

"这次聚会的发起人是我先生和维克多·阿萨奇。他们两个想将推理的艺术推展到其他行业和技能上。亲爱的萨瓦迪欧，您凭着年轻人的热情，没有什么事办不到，但我知道我先生的身体承受不起长途乘船之苦。所以，应该由您替他出席。"

"我不能代他出席。我只是个没经验的助手。"

"阿萨奇，或者如我先生所称的'波兰神探'，目前已经没助手了。老谭纳生病了，他顶多只能下棋、寄信，种郁金香。而阿萨奇得准备侦探的展览器具。我先生认为您可以帮他完成这件工作。"

"我没有钱。"

"您的所有花费都有人负责。博览会的筹备委员会将会支付十二神探及其助手的花费。此外，我先生不接受拒绝。"

我从来没出外旅行过。这个从天而降的邀约，让我既兴奋又害怕。我停顿片刻后才回答，几乎发不出声音：

"我知道您先生比较想派阿拉尔贡去。今天是他的葬礼，奎格太太，您会去吗？"

"不会，萨瓦迪欧，我不会去。"

我喝了口苦涩的茶。

"老实跟您说一件事。我们这些学生其实都挺嫉妒他。"

"嫉妒阿拉尔贡？为什么？"

奎格太太在椅子上支起身子。她的脸庞因为一抹淡淡的绯红，有了生命的活力。我不会告诉她她所期待的答案。

"因为他是您先生的爱徒，而且他比我们都要优秀。"

奎格太太站了起来。告别的时间到了。

"您还活着，他却已经送命。萨瓦迪欧先生，别嫉妒任何人。怀着嫉妒之心的人，欲望会盲目膨胀。"

第二部　神探聚首

1

　　尽管遭逢战事，负责编排 1889 年世界博览会全系列目录的小组委员会，依然马不停蹄地工作。小组原本有迪安布瑞斯、亚诺以及朋多雷罗三位成员；亚诺在博览会闭幕三年后辞世，朋多雷罗和迪安布瑞斯则继续接棒。目录原本计划赶在博览会开幕前完成，后来则希望在展览期间，到最后却变成展览结束后；可是，二十五年的光阴过去了，目录仍付之阙如，这是不论思想负面的悲观主义者还是满腔热血的乐观主义者，都没预料到的事情。顺带提到乐观主义者，是因为博览会实在过于庞杂，才导致目录完工之路遥遥无期，并非编排目录人员缺乏效率。

　　多年过后，朋多雷罗和迪安布瑞斯仍继续收到从不同国家如雪片般不停飞来的信件；寄信者有些是无所事事、热心肠的政府官员，不过绝大多数都是自愿提供协助的民众，他们的目的是修正讹误。总之，都是些已退休的老先生，他们最大的乐趣，除了揪出目录的错误外，就是写封愤怒的信，投书报章媒体。目录制作的最大问题，在于如何让不同的分类并存：是以国家分类，以字母分类，以日常或特殊用途物品分类，还是以性质分类（海事器具、天文器具、医疗器具，烹调器具，等等）。迪安布瑞斯跟朋多雷罗每两三年就会发行散装目录，这等于提前公布目录的最终版本，或许这动作的本意是想告诉世人，目录的编辑依旧在进行当中，同时遏阻市面上意图大捞一笔、鱼目混珠的目录。其中一本玩具类的散装目录，促成后来《玩具大百科》的诞生，并成为该百科的前身，这是同类书的开山之作，1903 年由绯红出版社发行。

"我们呕心沥血，只求别被几个字草草打发这些繁杂的工作。"朋多雷罗曾在 1895 年，对一名记者如此说道。

"哪几个字？"

"诸如此类。"

1889 那年的创新发明，让我们眼花缭乱，勾勒出未来的国家是由垂直城市组成的样貌，高度令人头晕目眩，不过现在看来，那都已成为过时的旧古董；机器馆展出的大多数发明（瓦帕林潜水艇、葛罗里挖土机，之后遭揭露是骗局一场的史普拉格医生的机械心脏，还有曼德斯整理档案的机器人），后来要是没被拆掉，或者因功能不佳而以悲剧收场（比方说，鲁丁斯盖的水平移动电梯），那么此刻应该就搁置在某间储藏室里。与此同时，工业的进步可以在战争中看到，更凸显出它是一场展示人类工业技术进步的真正世界博览会，像索姆河（Somme）和凡尔登（Verdun）的壕沟战役简直就是活生生的展览馆，让人亲眼见证技术和思想

的大大提升。

这些问题并没有打击朋多雷罗和迪安布瑞斯，他们在四楼国际事务部的一间办公室继续埋头苦干；他们俩拍胸脯保证，就算退休了，也要完成这项任务。

他们的第二本散装目录，介绍的是具有双重功能的物品，或者说兼具主要和隐藏式功能的器具。我高兴地发现里面提到了我家主子雷纳多·奎格的手杖，他的手杖能化身为望远镜、放大镜，内藏托雷多制利刃的窄剑，还备有小格子放调查脚印用的粉末，以及可以保存犯罪现场找到的昆虫的玻璃盒；这支手杖也能充当手枪，虽然射击时子弹会盲目乱飞，只限于特殊场合以及近距离使用。由于具有多样特殊功能，若单纯当手杖使用，得相当谨慎；一个不小心，就可能造成致命的后果。手杖的把柄是青铜狮头图雕，杖身则是欧洲樱桃木。

我一肩担起亲自护送神探的手杖到努曼西亚旅馆展览大厅的任务。我见过奎格太太，并答应她的请托之后，她便答应我到医院见老师一面。我犹然记得漂白水的气味和棋盘图案的地板，地面才刚刷洗过，很容易让人滑倒。病房里一片幽暗，奎格的病症之一，就是厌恶光线。当时正值夏日，十分炎热；奎格的脸上盖着一条湿透的布。

他掀开嘴巴部分的布开口说话，但眼睛依旧蒙着布。

"见到侦探阿萨奇时，千万要记住，我跟他是像兄弟一样亲密的老朋友；这些年来，我们俩一直管理十二神探俱乐部。其他成员都自以为握有表决权，但这个俱乐部其实从来没有什么民主，全仰赖我和波兰侦探共治。我们做该做的决定，因为对这一行，没有人会像我们俩一样殚精竭虑；我们有时会灰心丧志，有时互相鼓励，试着恢复彼此对于秩序的信心。阿萨奇负责我们这行在努曼西亚旅馆大厅展览的大小事宜，这次展览期间的侦探座谈会，远比展览还要重要；不过，更重要的是侦探和他们的助手在走廊上的低语、私下的笑声、动作。每个侦探都会带来一个对他而言代表犯罪调查理念的东西：有些侦探会带复杂的机器，有些则是一支简单的放大镜。我要把我的手杖送去那儿。请打开柜子，把它拿出来。"

我打开一个白色的铁柜，小心翼翼地拿出奎格的手杖。由于手杖暗藏机关，所以重得不得了。柜子里面也挂着侦探的衣服，看到衣服空荡荡，缺了身体撑起来的模样，我的心底涌上一股深沉的哀伤，仿佛奎格的病就蛰伏在柜子里面，藏在空空的衣服里。

"这支手杖是一个卖武器和家具的商贩送给我的大礼，他的店铺离维多利亚广场不远。事实上，这并不完全算是赠礼，而是我用一枚硬币买下的。我帮了这个男人一个忙，找回他被盗的一本旧版《圣经》。我不愿意收下任何酬劳，所以他送来这支手杖

并告诉我：希望您能收下这把外观伪装成手杖的刀子，但我不能免费送您，刀子要是送人，前主人的命运就会跟着转嫁到新主人身上。有谁想要别人的命运呢？所以，把您身上最小币值的一枚硬币给我吧。于是，我给了他一枚十分钱硬币。从那一刻开始，手杖就再也没有离开过我身边。"

我小心翼翼地把沉甸甸的手杖靠在一张椅子边。

"还有一样东西要您带给阿萨奇。把我最后一起命案的来龙去脉告诉他。只能告诉他一个人。"

"眼镜蛇咬伤的那件命案？"

那次调查，奎格证实眼镜蛇是清白的；一名妇女用蒸馏过的箭毒杀了丈夫，然后，假装凶手是丈夫饲养的一条蛇。

"别装糊涂了！我的最后一起命案，是一起只能称作'最后一起'的命案。一定要巨细靡遗、一字不差地告诉他。他会了解的。"

我的脑海里浮现卡立当被倒吊的赤裸身躯。我当时看到的那具尸体一动也不动，一层像黑云似的苍蝇黏在上面，不过在我的想象里，尸体却在慢慢地摇晃着。

"我说不出口。除了这件事外，您要吩咐什么都可以。"

"你要我上教堂忏悔吗？你以为我们这些侦探会放下身段，对神父坦诚以对？我们的字典里，绝对没有后悔、忏悔、原谅这几个字！我们是信奉行动哲学的专家，只看自己的所作所为。现在，去做我吩咐的事情。把所有的真相一五一十地告诉波兰侦探。这是我给维克多·阿萨奇的口信！"

2

这是我第一次出国门，也是第一次搭乘远洋轮船。然而，对我来说，真正的人生之旅是从我离开自己的世界（我家，我父亲的鞋铺），踏进奎格的屋子那一刻算起，从那里开始，就是国外。巴黎，只不过是奎格家的延伸；我不止一次在旅馆的房间惊醒，却感觉自己在学院一间冰冷的房间里，睡了一觉。

我按照老师的指示，下榻在"涅卡旅馆"。我知道其他侦探的助手也都住在同一间旅馆。当涅卡太太在厚重的登记簿上写下我的名字时，我的心里正揣测着，在大厅里吞云吐雾的男士们，有哪几个是我的同行。他们的模样应该都很低调，但却能同时眼观四方；能够协助调查，却从不插手。总之，就是一群影子。

巴黎旅馆的房间，对于住惯布宜诺斯艾利斯宽大房间的我来说，简直就像是娃娃的袖珍屋。那是一种我们在梦里到过的房间，把真实世界的不同角落全兜在同一个空间里：仿制的波斯地毯，

想制造传奇氛围的图画，不耐用的小桌子，伪中国风办公桌，整个画面戏剧化地格格不入。剧院里，家具都挤得密密麻麻，舞台布景给人混杂、挤满所有东西的感觉，但是在真实的世界里，却需要空间呼吸才行。

我才刚要拿出行李，门口便传来敲门声。一个蓄着夸张八字胡的拿波里人，像军人般立正，站得直挺挺的。

"我是马利欧·巴多内，'罗马之眼'马格雷里侦探的助手。"

我对他伸出手，用力地握了握。

"我拜读过您家侦探的所有案件。我还记得河面修女浮尸案，她的发网上有张用黄金别针夹住的纸牌。"

"塔罗牌案。我很荣幸协助马格雷里经手这件案子。那是最完美的凶杀案之一。这种案子堪称完美，有所谓的对称、平衡……手法优雅、利落，连一滴多余的血都没有。杀人凶手是圣乔吉欧医院的柏纳弟医师，他偶尔还会从监狱写信给马格雷里。"

"要不要进来坐坐？"

"不用了，我只是想邀您参加今晚的聚会。我们中的一些人已经到了。"

"在这间旅馆吗？"

"在大厅，七点见！"

我继续整理着行李，感觉从前的人生已经融化消逝，而这些

东西——我母亲坚持买给我的新衣服，奎格的手杖，我的空白记
事本，则代表崭新人生展开的元素。

　　我在搭船途中不曾一觉睡到天亮，因此旅途的劳顿让我午觉
睡得较久，一觉醒来，已经晚上七点半。我下了楼，一脸睡意，脑
袋糊成一团。已经有七名助手聚集在大厅里。巴多内并没有对我的
迟到多表示什么，他将我介绍给在场的所有人。第一位是弗利兹·林
克，他是柏林神探托比亚斯·赫特的助手，他朝我伸出一只大手，
握起来触感柔软。这个高个子外表看起来呆傻，而且他着一身提
罗尔民族服饰，更加深了那双湛蓝眼眸的呆滞无神。然而，我非
常清楚，他提出浅显问题、老是围着天气打转，还有激怒主子的
蠢笑话，都只不过是他的伪装伎俩。

　　贝尼托是我们里面唯一的黑人，或者说是个黑白混血儿，他
是以解决海上神秘事件闻名的葡萄牙神探萨卡拉的助手。他家神
探最令人耳熟能详的调查案件，是解开"巨人号"全体船员的失踪
之谜。这起事件让报纸连篇累牍地报道了好几个月。贝尼托一流
的开锁技能家喻户晓，据说，他的特殊专长除了用在调查真相之外，
也用来赚取外快，因为大家都知道萨卡拉是一毛不拔的铁公鸡。

　　大厅里有四张绿色的椅子，其中一张坐着一个印第安人，他没

跟任何人交谈，似乎在专心观察着角落生长的蜘蛛网。巴多内向我介绍他，不过那个印第安人头也不回。他就是神探杰克·诺瓦利乌斯的助手塔马雅克，祖先是北美印第安苏族人。他家主子是个白发苍苍的美国人，年轻时曾和平克顿侦探社合作过，后来成立了自己的办公室。塔马雅克留着一头往后梳的黑色长发，穿着一件鲜艳夺目的流苏外套；但是他的服装上面没有羽毛、斧头、象征和平的烟斗，或是任何在杂志插画里常可看到的其他印第安人会穿戴的物品。神探诺瓦利乌斯常被其他同行诟病，因为他喜欢用拳头胜过用推理解决问题，但在他的伟大事迹当中，他交手的对象，是个在 1882 年到 1885 年之间、连续杀害七名妇女的巴尔的摩绞杀魔。塔马雅克在这起犯罪调查中提供了关键的协助，尽管他的言语充满了太多只有苏族人才能体会的暗喻，显然效果大打折扣。

"这位是马努叶尔·阿劳荷，来自西班牙塞尔维亚。"巴多内说，此时，一个带着大大露齿笑容的矮个子男子，往前一步靠近我们。

"我是出身托雷多的西班牙神探费明·罗荷的助手，绰号叫'失败的斗牛士'。我家主子战绩辉煌，遥遥领先其他侦探。"阿劳荷说。当拿波里佬打断他的话，他正准备回忆某次事件。

"我想，我们的阿根廷朋友应该非常清楚他的风光战绩。"巴多内抢话。他说得没错，我也很清楚阿劳荷过度夸大他家主子的冒险事迹，反而造成他的名誉受损，所以，就算事迹经过证实，仍让人难以置信。但那些早已司空见惯的西班牙神探的追随者说，神探为了让调查的真相保密，便任由助手吹嘘到不可思议的地步。我在《犯罪线索》中看过他一些让我心惊胆跳的故事。神探在调查金色母鸡案时，潜进火山；而在灰烬堆案中，他在萨拉戈萨的水族馆里，跟一只巨型章鱼作战。

整个人瘫坐在椅子里、一副快睡着模样的，是希腊神探马多拉奇斯的助手加卡努斯，他懒洋洋地对我伸出手。我知道马多拉奇斯和阿萨奇在调查理论层面意见相左；有时，奎格会跟我提到这两名神探之间的水火不容：

"我们这群侦探，不是信奉柏拉图学派，就是信奉亚里士多德学派。不过，我们并非一直是自己以为的模样。马多拉奇斯自诩为柏拉图学派，事实上却是亚里士多德学派；阿萨奇自认是亚里士多德学派，却是个不折不扣的柏拉图学派。"

当时，我还不了解奎格的这番话。我知道阿萨奇的另一个敌手路易·达朋，才是阿萨奇真正的对手；阿萨奇和希腊神探之间的针锋相对只限于斗智而已，他和路易·达朋则是在争夺巴黎地盘。达朋总认为，像阿萨奇这样的异乡客，实在没有资格跟他在他的城市里同时执业。他的助手阿瑟·涅斯卡，一身黑衣，伫立在角落，一副准备好随时走人的模样。慢慢地，我才了解他经常如此，他老是站在门槛处、楼梯间，从不坐下或站好，聆听对话时，也

不会专注倾听。他长得纤瘦，看起来年纪颇轻，细薄的女性化双唇，露出一抹仿佛对一切都不满意的神情。我走过去跟他打招呼，他一直到最后一刻才伸出手来。

孩提时候，我就从《犯罪线索》以及其他诸如《红痕》、《怀疑》之类的杂志上，追逐着这里某几位助手的故事，现在，我竟然握着他们的手。尽管他们不是侦探，只是区区的助手，但对我来说，却都是活在另一个世界、另一个时空里的传奇人物，然而，此时此刻我们居然都待在同一间大厅里，被同样的烟雾围绕。

马利欧·巴多内提高音量，压过大家的私语声：

"各位助手们，让我们来欢迎席穆多·萨瓦迪欧，他来自阿根廷共和国，代表十二神探俱乐部创始元老雷纳多·奎格出席。"

听到奎格的大名，大伙的掌声纷纷响起，证实了老师的名字多么受大家的敬重，让我与有荣焉。我用蹩脚的法文解释自己还是个生手，只是一连串令人辛酸的阴错阳差，让我有机会来到这里。在场的人都对我的谦恭留下不错的印象，这时，我瞥见大厅尽头有个高个子日本人，身穿镶黄色饰边的丝质蓝衬衫。他是冈野，东京神探佐川的助手。冈野看似年纪较轻，约三十岁上下，不过我一直分不清东方人的年纪，他们总比实际年龄要来得苍老或年轻，他们的容貌就像难以理解的异国语言。

我们若是遇到问题，脑袋总能保持清醒，并提高警觉；可是只要事情进行得顺利，像是这次的小聚，我们就会把危险都抛诸脑后。他们倒了杯白兰地给我，因为我不常碰酒，所以一下就不胜酒力；我开始觉得装谦虚真是无聊的可以，于是想着得要夸大自己一些能力才行。我故意不提自己是鞋匠之子，炫耀着自己善于分辨鞋印。

"那可不是助手的技能，已经算侦探的绝活了。"林克说。我盯着他那双太过清澈的眸子，心里想着他外表的拙样，实在是完美至极的掩饰，不过这句话幸好没脱口而出。

不过，他不是唯一觉得我的话刺耳的人。

"您是打哪儿学来的？"一直站在门槛处、神探达朋的助手阿瑟·涅斯卡问道。

我应该识相地闭上嘴巴。不过酒精让我的舌头不听使唤，越描越黑：

"奎格在学院里把所有的犯罪调查技巧全传授给我们，甚至包括人类面相学的基本概念。"

"但是，那学院到底是在培养助手还是侦探的？"德国侦探的助手想知道。

"我不知道。奎格从来没说清楚。或许他希望培养出优秀的助手，让他们有朝一日能够变成侦探吧。"

我的话一出口，四周便悄然无声，我这一生从没遇过这么深

沉的安静，而这安静仿佛是桶冷水，忽然间冲去了酒精的作用。我该怎么跟他们解释，刚才的胡言乱语是白兰地下肚的关系，不是我的本意？而且我是一个出门在外就话多的阿根廷人？至于原本一直谨守旁观者角色、一副看似搞不懂发生什么事的日本人，这时却神情落寞地离开了，我还以为他是要去找把武士刀切腹，或想把我劈成两半。

"念在您还是个新手，我们愿意原谅您的失言，可是请好好记住这个教训，就像记得火焰会烫人：那就是，助手不可能变成侦探。"

我不打算回答，也不想开口道歉，就怕我的道歉听在耳里也是毫无规矩。但是这个时候，那个黑白混血儿贝尼托提醒大家：

"不过，据说素有'罗马之眼'称号的马格雷里侦探，就是从助手起家……"

这显然是大家都知道的陈年往事——知道但不想提，因为贝尼托才一开口，巴多内就恨不得想扑到他的脖子上，仿佛巴西助手污辱了他的主子。他拿出一把刀刃弯曲的水手小刀，在半空中挥舞，想砍向黑人助手的脖子。德国佬和西班牙佬制止了他的冲动。

巴多内不再说法文——这是侦探之间的国际语言，开始用拿波里方言咒骂。贝尼托则不敢转过身直接离开，他往后慢慢倒退到出口处，生怕巴多内挣脱其他人的阻挡，冲了过来。当贝尼托的身影消失后，巴多内才冷静下来。

"该死的贝尼托！"

德国佬林克在我耳边低低说道：

"那是没根没据的陈年谣传。每个侦探都有谣传。但是我们没必要搬出来嚼舌根。"

巴多内打起精神，附和他的话：

"当然！根本没必要再搬弄！谣传一直不断，但是我们从来没相信过。我听过每一个侦探的谣传：我听说有一个染上吗啡毒瘾，听说另一个全身上下的本领是从监狱学来的，至于第三个，据说对女人冷感！但是打死我也不敢跟着人云亦云。"

他的话也正中其他人要害，因为现在除了涅斯卡和阿劳荷，连加卡努斯都往意大利佬身上扑去，仿佛想拔掉他的胡子似的。巴多内再次紧握小刀，左右挥舞，那动作之夸张，有那么一瞬间，我真怕他反倒砍伤自己。角落一尊罗马守护女神米内瓦的雕像，无端受到波及，被踹了一脚。所有的人都乱成一团，只有塔马雅克置身事外。

就在此时，一抹令大家安静下来的嗓音响起。那嗓音严肃低沉，充满智慧却又拖得很长，发人深思，同时又让人昏昏欲睡。那是谭大维的声音，卡勒·劳森的印度助手。大家在你一言我一语之际，都没有注意到他在场，就算在一群盛装打扮的人之间，他的一身

行头也实在难以忽视：他穿着黄色衬衫，缠着头布，脖子上挂着一条金项链。他盯着我们的眼神，好像能摸透我们内心想法似的。他讲了好一段时间的话，一个字可以拉好长的音节。我只记得他最后讲的几个字：

"曾经干过助手的侦探，也没什么不好啊。有谁没梦想过当上侦探？"

他的这几句话，让大家不禁悲从中来。巴多内一看大家不再怒气冲冲，便收起小刀，并掩饰受伤的自尊。他那先前修理整齐的胡尖，此刻显得无力下垂。一些人坐回座位，拿起酒杯，继续之前中断的话题，另外一些人则宁可回房睡觉。我很高兴知道，他们跟我并没有太大的不同：大家都梦想着同样的东西。

3

巴黎铁塔似乎已经完工，不过高处的地方还有事情没完成。四人一组的工人，正在把没烧过就直接钉上的临时铆钉，替换成最后的铆钉——得先烧红，再用铁锤捶打固定。这座铁塔历经两年工时建造，期间风波不断。较轻微的有栏杆的瑕疵（此刻正全面换新），严重的问题，则诸如工会威胁停建铁塔的纷争，或是以阶梯斜线往上建的高难度工程等。根据发给各大报纸的声明指出，工程师艾菲尔所面临的人为反对，远比工程问题还严重：这座铁塔饱受政客、知识分子、艺术家和神秘教派成员的抨击。但能确定的一点是，随着铁塔越建越高，问题也逐渐销声匿迹。现在，完工之日即将来临，反对的声浪也不若以往充满愤怒，反而是缅怀起过去已不复存在的面貌。至于和工会之间的问题，也一样慢慢平息。比起只在离地面五十到一百公尺的地方工作，三百公尺的高度令人昏眩，加上寒风刺骨、环境孤单，实在难熬。但工人在地面上虽然像牛一样固执，越往上爬，却变得越温驯，仿佛铁塔对于他们是一项个人的挑战，他们置身孤独的环境中，再也无法忍受凡夫俗子的抱怨。艾菲尔身为优秀的工程师，他很清楚有时困难反而能让事情更加顺利。

可是，尽管铁塔即将落成，仍然有一群匿名人士不停地骚扰工人，并刻意制造无关紧要的伤害。巴黎、杜林和布拉格这三个地点，是神秘教派的聚集地。这些教派的成员对建造铁塔深感厌恶。于是博览会筹组委员会不得不雇用达朋，追查这些匿名人士。艾菲尔工程师则不大赞成这个调查。当他的合作伙伴嘲弄那些狂热分子时，他总是替他们辩护：

"只有这些狂热分子，才能了解我们的坚持。我们都是在为各自的象征奋斗。"

　　这座铁塔是博览会场的入口：一穿过高耸的挖空铁门，就能窥见里头的忙乱，看不出焦点，也毫无类别可言。看到这团乱，不禁让人佩服百科全书的毅力，将世界的不同面貌，照字母依序排列下来。博览会的所有建筑，诸如殿堂、宝塔、教堂，都在同时间建造。大街小巷处处可见拖着巨大木箱的车辆穿梭，箱子上贴着海运和海关的图章与封条，非洲树木的树冠或者庞大雕像的手臂则突出其中。来自非洲的土著跟美洲印第安原住民，被迫在豪华的展览馆及展示宫里建造他们的部落小屋；不过，想在四周的繁忙跟众多机器之间，保持岛屿未经开垦的自然面貌实在不容易，就算这方的茅屋没着火，那方的冰屋也会融化。

　　这场博览会将世界上的东西汇集在巴黎，但同时也引发了怪异的效应，博览会带来的影响蔓延了整个城市：剧院和旅馆纷纷布置自家玻璃橱窗，从地窖里挖出尘封多年的宝物；就连墓园都经过整修，坟墓此刻正闪闪发亮，给人一种做作不自然的感觉，昔日的古老墓碑仿佛成了表现自我的标志。我此刻所在之地已经没有秘密，所有的东西都摊在光天化日下。直到当时，大家都一直忍受瓦斯灯照明不良的问题，其光线只比大蜡烛的烛火和晕黄的月色亮一点而已，比不上阳光的明亮。而铁塔以及博览会场的电灯灯光，照清楚世界的真正面貌，解决了黑影、晕黄和阴暗的问题。这种灯光，还原了真相的颜色。

　　我在这座纷乱嘈杂的城市里，徒步走到了努曼西亚旅馆，说服门房放我进去。我走下楼梯，直抵位于地下的大厅，这儿曾是叛乱分子和异教徒的旧时集会场所，厅内空荡荡，四周的玻璃橱窗也没有陈列任何物品。这个地方看起来既像博物馆又像剧院，因为墙壁上有玻璃橱窗，椅子还排列成半圆形。阿萨奇就在一张圆桌旁，本人比照片苍老许多。他的头歇靠在桌上，仿佛睡意突然袭来，写满他细小字迹的一叠黄色纸张，就充当了他的睡枕。周围展示侦探器具的玻璃架上，此时只有一张报纸、死掉的昆虫，和几朵枯萎的花。

　　被地窖湿气侵袭过的地板，在我的脚下嘎吱作响，阿萨奇猛然起身，那警觉的模样让我真怕小命不保，睡着的侦探仿佛正守候着某个杀手的到来。他的体型相当高大，还没完全站直的身子，就像未展开的消防梯。乍见我，他便认为我没危险性，卸下防卫的动作。

　　"您是谁？信差吗？"

　　"听到您认为我是名信差真是荣幸。我是受雷纳多·奎格之托来的。"

　　"您带了什么东西来吗？"

　　"我带来这支手杖。"

　　"一块狮头雕刻的木头。"

"这支手杖充满惊奇。"

"从很久以前,就再也没有什么东西能让我感到惊奇了。过了三十岁以后,所有的事物只不过是一再重复罢了。更何况,我都五十好几啦。"

他将手杖拿在手里,没打算检视里面的机关。

"还有,他要我跟您说说他的最后一起命案。他不愿意写下来,要我当面告诉您,不能有第三者听到。"

此时,阿萨奇似乎完全清醒过来。

"故事!难不成所有的人都以为光是给我故事,就能喂饱展示橱窗吗?我需要的是物品!但是大伙都紧抓着不放。调查方法、器具、秘密武器,没有一样肯贡献出来。大家都只等着看其他人带来什么东西,等其他人先掀开自己的底牌。目录编辑人员已经跟我要过五次资料,害我得编理由打发他们。依我看,女高音的聚会恐怕都要比一群侦探的会面简单得多。别用那种眼神!别满脸难过!这不是您的责任。我们倒是来看看奎格这个老家伙到底有什么话非说不可。"

我正准备开口,但阿萨奇比画手势,要我先别讲。

"别在这儿讲。我们到饭厅去。这儿太潮湿了,我觉得呼吸很不舒服。"

阿萨奇迈开大步爬上楼,我急忙跟上。饭厅依然没人。午后黯淡的光线从街上照了进来，瓦斯街灯已经开始一盏盏点上。厅内有几间包厢，里面是木头圆桌；其他的桌子则是大理石材质。阿萨奇选了窗边的座位。服务生走过来，我点了一杯酒，而阿萨奇只是一再比着同样的手势。

"还不要讲，先等我喝完酒。我有某种预感，接下来不会听到什么愉快的事。若是好消息会捎信通知；这会儿，如果说来的是信差，那么准是坏消息。"

服务生端来我的酒，还有阿萨奇装了半杯绿色液体的高脚杯。侦探将一根网洞汤匙放在杯子上方，上面放了块糖，接着冲一点冰水。液体转为淡淡的白色。

他得要鼓足勇气才敢听，我也一样需要勇气。我喝掉半杯酒，试着熟悉过去不习惯的酒类饮料，才开始将故事娓娓道来。由于法语不够流利，我想快速带过，但同时我又想拖延似乎难以启齿的结局；于是，故事的细节甚至离题的插曲全都说了出来。阿萨奇没有特别感兴趣或露出不耐烦的样子，我则一股劲儿地讲，仿佛一个人咿咿呀呀唱着独角戏。

侦探打了个呵欠，打断了我的话。

"是不是我讲得太无聊？要不要我快点儿讲完？"

"别担心。几行字的故事，通常都要连载好几个月，而一切总会在某个点上落下句号。"

结局就在眼前。我告诉他破屋里的画面；我描绘巫师那遍体鳞伤的尸体，奎格对自己犯下命案的冷血态度。我找不到字眼形容那晚恐惧的感受。阿萨奇不时会用平静无波的声调，纠正我的法文。

"奎格派我将这件事据实告诉您。我也不知道原因，所以无法跟您解释为什么。"

阿萨奇喝完第三杯苦艾酒，他的双眼此刻正倒映着酒精的碧绿。

"要不要听我说个故事？一个丹麦哲学家讲过的故事。您知道，哲学向来是侦探不可告人的弱点。有个奥斯曼帝国的首相，派儿子到一个遥远的地区处理叛乱问题。儿子到了当地之后，因为太过年轻，加上情势紊乱，他不知从哪里着手。于是，他派了一名信差，请求父亲给予建言。首相犹豫是否该给他一个清楚明确的回答：因为信差有可能遭叛军掳去，在刑求逼供下透露内容。于是他采取以下行动：他带着信差到花园里，指着一丛高高的郁金香，拿起手杖一挥，砍下所有的花。他要信差一字不漏地告诉儿子刚刚看到的一切。信差后来平安到达那个遥远的地区，没被敌军发现。当信差告诉儿子他在花园里看到的画面，这个儿子立刻明白，然后处决城里势力较大的领主。于是叛乱平息。"

阿萨奇蓦地起身，仿佛忽然记起什么要紧的事。

"我们今晚要在大厅里举办座谈会。今天的主题是谜案。所

有的侦探和助手都会到场。当然，助手到时是不能开口的。我很
了解你们阿根廷人的天性，所以我要给您忠告：试着保持安静。"

4

　　早上我写了信给父母和奎格太太；信宁可不寄给奎格，就是
怕会被原封不动地丢在学院某张已不用的办公桌上，没被拆来读。
白天，我花很长的时间散步，一种来错地方的感觉慢慢地浮现在
我的心头：奎格派我来充当阿萨奇的助手，可是这个波兰侦探似
乎并不需要助手。我忐忑不安，等待着到旅馆认识十二神探的时
刻来临。目前共有十一位神探，而再过不久，就只会剩下十位。

　　我穿上新衣服，戴上一顶牛仔帽，披上母亲坚持要我带来的
一件羊驼毛斗篷出门。能戴上牛仔帽出门真是快乐无比：我拥有
这顶帽子已经很久，不过在布宜诺斯艾利斯没办法戴，因为一戴
上这种帽子，大家不但会以为你是流氓，还可能惹来一场刀剑决斗。
我上过几堂西洋剑课程，觉得没必要搞到那种场面，也就避免戴
上这种帽子，以免惹上无谓的挑衅。但是在巴黎，这种帽子没有
特殊意义。

进入侦探下榻的努曼西亚旅馆之前，我脱下了帽子；不过这样还不够，一名穿着蓝色制服的高大黑人，在门口将我拦下来。我一报上奎格的大名，他就带着几乎是恭敬的态度，退到一旁。我心想，生命中的最高荣耀莫过于自己的名字变成一张通行证，不但到哪里都通行无阻，还能收买人心。我开心地步下楼梯到大厅，这种喜悦，就如同阴谋分子在解析每个秘密和每个符号时，那种暂时摆脱了世俗琐事的感觉。

所有的侦探已在地下大厅的中央就座，助手则在他们的周围，有些零散地坐在椅子上，有些则站着。他们点点头，跟我打招呼。我则习惯性地回以有如打断别人聚会的那种怯生生地态度，仿佛害怕太早或太晚到，或是衣着失当。

阿萨奇站了起来：

"各位同仁，在开始之前，我想提醒大家玻璃橱窗还是空的，还等着大家的工具。这次的展览是要展示大家的聪明才智，不是冷漠的态度。"

"我们会把大脑泡在福尔马林里寄过来。"一位手指戴满彩色宝石戒指的侦探说道。从他的口音判断，我猜他大概是"罗马之眼"马格雷里。

"要我说，就把咱们家助手谭大维的大脑寄过来好了，他倒是越来越有我的思维了。"卡勒·劳森说道。他身材魁梧，鼻子颇大，一双眼从烟斗冒出的烟雾后盯着大伙看，那袅袅的烟勾勒出一个问号的形状，跟他冒险故事里描绘的一模一样。

"我们可以拿出什么展示？"葡萄牙神探萨卡拉问。"放大镜吗？我们工作的工具，是抽象的能力。我们这一行是唯一没有什么东西可供展览的职业，因为我们的工具是无形的。"

一阵赞同的窃窃私语声响起，直到阿萨奇提高嗓音。

"我倒不知道今天参加座谈会的都是崇尚唯灵论的信徒。马格雷里，您手中握有最多的意大利犯罪人类学文献，由西萨雷·隆波罗索亲自监管。而且更别提那些用来测量耳朵、头颅和鼻子的精密工具。这真的像萨卡拉说的，都是看不见的东西吗？至于您呢，劳森医生，您离开伦敦，都会带着手提显微镜出门。如果说您只有一台，我不会勉强您出借，但是我知道您有收集显微镜的习惯，还特别钟爱迷你型的，那种需要用显微镜才能仔细看清楚的显微镜。另外，您多年来也收集即使在大雾中也能办案的光学仪器。"阿萨奇指着一个正在调手表发条的高个子男子。"托比亚斯·赫特，土生土长的纽伦堡孩子，您对我们这一行贡献了至少四十七种让德国罪犯闻风丧胆的玩具。当杀人犯马卡琉士威胁要拿屠刀砍您，是您派出一个天真的玩具士兵放火的吧？您不是设计出一种八音盒，旋律能让杀人犯饱受失眠折磨，让他们从实招来？佐川？我的隐形朋友佐川上哪儿去了？……"

一个日本人倏地现身。他白发苍苍，比助手冈野的个子还矮小许多，那干瘦的模样，体重大约跟孩童差不多吧。

"您不是习惯面对枯山水庭园的石头或是十二扇屏风冥思？由屏风上彩绘的妖怪指引自己的思绪？"

日本侦探点头，表示道歉，并说道：

"我喜欢空的玻璃橱窗：空无，比我们放进去的器具所代表的意义还要高深。不过，我知道这样一来，前来参观我们小型展览的好奇民众肯定不会满意。我考虑很久该放什么东西，但还没决定。我不想太凸显异国情调，也不想太抽象。我想展示更深一层的东西……"

"我知道了：您是东方人，但想展示有西方味的东西；劳森熟稔科学，却只想展示剥去严谨科学的东西；托比亚斯·赫特不希望大家当他是个玩具商，可是也没有让我看到什么玩意儿。各位永远找不到什么值得拿出来展览的东西。每个人都想藏私，我的橱窗依然还是空荡荡的。"

我靠近巴多内，问他每个侦探的大名。我是从布宜诺斯艾利斯的杂志上，认识了大多数的侦探，那些刊物秉持为圣徒作传的恭敬心情，收集他们的彪炳战绩。但是，看到在《犯罪线索》和《怀疑》杂志上用鹅毛笔描绘的肖像，和亲眼见到本尊是有落差的。画家总会凸显脸部的某个特征，而在这里，每张脸的五官一样也没少。

到此时为止，大家都用开玩笑般带点儿夸张的音调聊着，但是一抹失去耐心的严肃声音响起：

"各位，你们来这里是度假，可是这是我的城市，我还是得每天工作。"

开口的是个年约六十岁的男子，他蓄着胡子，一头白发。其他人的穿着都带了异国情调，仿佛想让人认出他们的与众不同，这个身经百战的侦探却和任何一名巴黎绅士没两样。

"他是路易·达朋。"巴多内在我耳边低语。"阿萨奇跟达朋，都替自己冠上巴黎侦探的称号。不过，阿萨奇是波兰人，所以很多人对这件事不表赞同。从以前开始，阿萨奇就向他提议以塞纳－马恩省河划分范围，不过达朋不肯。"

"达朋先生，我们了解您的焦虑，还有对我们这样懒散的心态不满，您想提早离开的话，我们会谅解的。"阿萨奇带着微笑说道。

达朋一副挑衅的模样靠近阿萨奇。他们俩的个子几乎一样高。

"可是在离开之前，我得表示我不赞同这次的安排。这些非得进行的座谈会到底有什么意义？我们一定要膜拜所谓的办案方法？我们是新一派文化或是什么教派的传教士？不对，我们是侦探，只需要让大家看到结果。"

"结果不是全部，达朋先生。谜案之美，有时甚至让我们忘

掉结果……更何况我们也需要娱乐，闲磕牙。我们是专业人士，可是若没有一点儿艺术爱好者的意味，就称不上是个真正的侦探。我们像是旅人，跟随机缘和乐趣的风而去，直到停驻在命案里的密室。"

"旅人？我才不是什么旅人或异乡人，多谢上帝保佑！不过，阿萨奇，我有急事，没办法再跟您仔细辩论原则或是从哪个国家来的问题。"

路易·达朋跟大家告别。他的助手阿瑟·涅斯卡也要跟着离去，不过达朋以坚决的手势要他留下。

"达朋得离开，但他不想错过阿萨奇讲的每句话。"巴多内在我的耳边低喃。

有个穿着白色配上亮蓝色服装的绅士站了出来，那模样就像来自演艺界而不是侦探的世界。他故意拍拍手掌，我听见背后传来跟班们的暗暗笑声。我使了个眼色，问巴多内那是谁。

"他是卡斯特维堤亚。"

"荷兰侦探？"

"没错。马格雷里曾想阻止他加入俱乐部，不过没成功。"

阿萨奇将发言权交给卡斯特维堤亚。

"各位，请容我率先来谈谜案，我要用比喻的方式，请见谅。"

"请开始吧！"阿萨奇说，"满足我们想一窥隐形线索、烟蒂和火车时刻表的渴望。别不好意思：白天我们信奉演绎推理，但是到了夜晚，比喻才是我们的菜。"

5

于是，卡斯特维堤亚开始发言：

"我们有个十分贴切的比喻，经常用来定义这一行，那就是拼图游戏。这是老掉牙的比喻，但是我们的犯罪调查若不是这般秉持耐心，捉迷藏似地寻寻觅觅，那又像什么呢？我们一片接着一片拼凑，寻觅着让我们能有所联想的画面和方法；当我们似乎迷失时，却在忽然间找到正确的拼图，于是窥见了整幅图的全貌。谁没在孩提时玩过拼图？谁不曾感觉，当我们披星戴月或是在瓦斯路灯下，依然继续着童年的游戏？只是这会儿拼图盘变得更大、更复杂，整座城市都是我们的舞台。

"我想起阿姆斯特丹国立剧院芭蕾舞伶露西亚·瑞勒的谋杀案，她在专属化妆间被一条道具绳子勒毙；道具左轮手枪没办法杀人，但用绳子，尽管也是道具，照样能勒死她。这是发生在阿姆斯特丹少数的密室杀人案之一。化妆间从里面反锁，钥匙挂在

里面的门锁上。舞伶被人发现时脖子缠着绳索。尸体离大门很近。因为没有其他人进到房间内，警方推测露西亚是用平时挂外套的钩子上吊，绳索最后因为身体的重量而松开。这是一起离奇的自杀案，但在当时，不管是不是密室案，阿姆斯特丹警方的推断已经算是重要的进展。我跟平常一样自问：凶手如何逃出房间？接下来几天，我在房间里搜索蛛丝马迹，仿佛那是一座孤岛，而我是唯一的居民。我在地板上匍匐前进……"

"穿着那身白色衣服？"一抹嘲讽的声音响起，我没认出是谁。

卡斯特维堤亚没搭理，兀自讲下去：

"首先，我从小东西着手，然后是更细微的部分，最后查完连放大镜都找不到的玩意儿。我搜集线索，拼凑出我的拼图：露西亚演出时穿的鞋子鞋底残留的郁金香，细玻璃碎片，棉绳的线头，露西亚收在抽屉里的雨果法文诗集。还有门边尸体的姿势。"

卡斯特维堤亚停顿下来，制造现场静肃的气氛。我相信在场的每位侦探都对这件案子有所推测，但是基于礼貌，宁愿保持安静。只有一位外表有点儿不修边幅的男子拿着铅笔飒飒书写，他的衣服看起来像穿着入睡而皱巴巴的，这打扮就这座城市和这房间的温度来说，实在穿太多了。

"写笔记的那位是谁？"我问巴多内。"卡斯特维堤亚的跟班？"

"不是。他是《线索》杂志的总编葛利马。他会在杂志上报道这次座谈会，简单交代内容。至少是刚刚吵嘴之前的内容。"

我曾在奎格的屋子里看过一本过期的《线索》杂志，尽管那是本昂贵的刊物，纸张厚重，我还是比较喜欢在我的童年给我留下深刻印象的《犯罪线索》，那泛黄的纸张、较密的版面以及羽毛笔绘制的插图。我还记得某个遭勒毙的被害者那双圆睁的双眼，伸出了一只手的衣箱，还有帽盒里的女人头颅……

"那整起事件该怎么拼凑？"卡勒·劳森想知道。

"让我简单扼要地依照线索一个个来说。郁金香茎，代表凶手就是她的老情人演员罗德巴赫，他习惯送花给女舞伶；踩碎的郁金香，意味着露西亚想要跟他分手。玻璃碎片，则是罗德巴赫用乙醚迷昏她时打破了玻璃瓶，没办法一一捡起而遗落的。棉绳的细丝，是来自罗德巴赫迷昏露西亚之后缠在她脖子上的绳索，他同时也将绳索一端绕过大门上方。绳索因为细长，所以门可以轻易关上。等他到了门外，便拉紧绳索勒毙女舞伶。绳索摩擦到大门和门框，造成一些细丝脱落。罗德巴赫用的麻醉药剂量不重，女子在被绳索勒住的情况下，痛得惊醒。就是这样。"

"我想不透那本法文诗集给了你什么线索。"阿萨奇说。

"那本诗集让我进一步调查女舞伶的真正国籍。露西亚为了工作而入籍荷兰之前，是法国人，这件事罗德巴赫知道。我猜测，

她在神志不清的状态下想开门，依照在法国的习惯转逆时钟方向。可是，荷兰老旧门锁的设计，依然是顺时针方向。露西亚试着想打开门，却反而锁上了。这是她的最后一幕。罗德巴赫对自己设下的陷阱信心满满，甚至连找个不在场证明的工夫都省了，似乎一副等不及被抓的样子。他跟多数的杀人犯一样，自以为设下的陷阱天衣无缝，能让他逍遥法外；然而，我发现这种一时冲动的临时起意犯罪，通常也是最棘手的案子。罗德巴赫的自大，是最后一块拼图。”

卡斯特维堤亚垂着头，仿佛表演完毕的演员，然后坐回椅子上。

“信心十足的推论，可能是对的也可能是错的，但比喻就没有所谓的对错；所以，我会说您的比喻虽然没错，但不够确实。”阿萨奇说。“拼图的图案是慢慢拼出来的：我们在找到最后一块之前，早就知道图案是什么。而调查工作看似循序渐进，侦探却经常发现真相出乎意料。”

“听您讲出乎意料这句话，我才想起您是个天主教徒。”卡斯特维堤亚回答。

“我是个波兰人；这个身份代表什么，我就是什么。”

阿萨奇指着像个学生般举手要发言的马格雷里。

“我赞同阿萨奇的话：解谜之路并非全然是循序渐进的，尽管这条路也需要耐心。我讨厌米兰，还有米兰人，可是那个城市有个被人遗忘的天才画家叫阿尔钦博德（Acrimboldo），他的画深深烙印在我的脑海。阿尔钦博德擅长画一堆水果，层层相叠，杂乱无序而繁复；或者画些怪花、海中的生物，一堆看上去似乎快腐烂、解体的水果，肉食性毒花，或者鱼、章鱼和螃蟹，重重叠叠组合起来后，才会发现那是张人脸。本来我们只看见了东西，忽然间一张脸出现了：鼻子、眼睛、眼神；再过半晌，又变回花或水果。他的作品收藏在皇帝位于布拉格一间美轮美奂的密室里，我是由于一件不愿再想起的谋杀案，才有机会入内一窥，那些画作仿佛出自巫师之手，除了玩弄视觉，还让观众的感受从原本的欣赏变成作恶。这就是我们的谜案，解谜并非循序渐进，而是刹那间真相大白，完全推翻之前的看法；我们搜集细节，直到隐藏的那幅画终于浮现。"

马格雷里站了起来。以主子为傲的巴多内用手肘顶了我一下，仿佛在说：最精彩的部分来了。

"八年前的一桩画作连续失窃案，震惊了威尼斯。大户人家家里都收藏着价值连城的画作，但是偷画贼却专挑郊区沙龙和乏人问津的画廊下手，或是帮佣房内一文不值的画作，这类作品最容易到手。由于窃案频传，引起我的注意，画作的主人却因为失窃画作的价值不高，所以没那么警觉，也没注意到窃案不断发生。

我自认为是识画人，然而，即使我把遭窃的画作看过再多遍，还是不了解小偷的动机究竟是什么。籍籍无名的英国画家绘制的海景，出自某个伯爵伯父之手的圣马可圆顶大教堂，还有遭人遗忘的主教肖像，沐浴在暮色中的吃草山羊（我以为拙劣的画作总是以暮色为题材）。我试着想象那些画，找出之间的关联性，却毫无进展。直到画作从我脑海中消失，才得以解决这桩案件。"

"早就消失了吧，因为被抢了啊。"卡勒·劳森插话。

马格雷里厌恶地瞅了他一眼。

"我的脑袋里塞的尽是画廊里那些画和叙述。所以，我虽然看到了画，却看不见里面的东西。雷纳多·奎格称这个为'侦探的盲点'，要先丢开肉眼所见的表面，才能挖出底下的东西。于是我抛开画作，将注意力放在画框上。这些画框的线条都很夸张，镀金后再刷上一层沥青仿古。所有的图画都是由艾吉迪欧·维奇的工作室裱框的，他们的作业乍看下没什么不寻常。我直接告诉各位重点：我很快地发现，这个叫维奇的家伙其实真名是柯内利欧·瓦葛拉维，是个恶名昭彰的诈欺犯和偷画贼。瓦葛拉维早在十年前曾偷了塔比亚的收藏画作，这个致命的错误让警察起疑。瓦葛拉维知道警察迟早会找上他，所以把偷来的画藏在那些送来他工作室裱框的劣画后面。在主教肖像、山羊画、威尼斯圆顶教堂画的后面，有吉奥乔尼（Giorgione）、委罗内塞（Veronese）以及提香（Tiziano）的真迹。当警察找上门后，他坦承犯案，但不肯透露名画的下落。警察搜索了他及其家人和朋友的屋子，却一无所获。瓦葛拉维出狱后，便雇用一帮小偷找回战利品。如果我的念头没有一转，也不可能发现这件事：这是我们解谜时经常得做的事情，如同阿尔钦博德那令人反感的画作让人体悟到的真理。"

现场私语声此起彼落，我不知道究竟是赞同，还是大表惊愕。此时，我周围的助手都已经一脸无聊，等不及回旅馆的时间到来。我在内心默默试着将助手和侦探兜起来：卡斯特维堤亚的助手不在场；贝尼托已经趁大家不注意溜了；德国佬林克则继续坚守岗位。巴多内尽管表现出对主子一片赤胆忠诚，却选了个远一点儿的椅子坐下来打瞌睡。

6

雅典神探马多拉奇斯站了起来：

"我要感谢我们的好阿萨奇想出座谈会的点子，但是照老规矩，还少了酒。有哪个古希腊人敢不在谈话前先来点儿酒润喉啊？"

阿萨奇比比手势，站在门槛处的一个服务生便去拿饮料。马

多拉奇斯继续说道：

"我听过很多遍拼图的比喻，不过却一直都搞不懂这和我们这一行究竟有什么关系；除了耐心吧，我们是应该要有耐心，不过却老是做不到。至于那位米兰画家的画作，我没听过，我对绘画认识粗浅。不过，也许我能再补充一下这个话题，有个古老的譬喻或许能再告诉我们一些东西，那就是人面狮身兽。

"伊底帕斯算是咱们的老前辈，他曾调查过一件命案，却浑然不知自己是凶手。别忘了这一点：我们对己身以外的事物看得一清二楚，对自己的东西却总是盲目。让我们把命案和陷阱的话题留到待会儿再谈，先来到下面的场景：时值鼠疫肆虐，伊底帕斯想进城寻找人面狮身兽，据说它遇到每个人都会问谜语。哪种动物早上以四条腿走路，中午用两条腿，到了黄昏变成三条腿？伊底帕斯机灵地答道：人类。于是他除掉了人面狮身兽，大概所有的都被他铲除了吧，因为我们再也没听过其他人面狮身兽的传闻。我们可以说，人类自己就是解谜之钥，这也是接下来我要谈的第二个谜案，命案和陷阱的解谜之钥。但容我再补充一点：虽然人面狮身兽出谜题，不过它本身才是个谜。我们问谜语，希望得到答案，可是其实是谜语反过来问我们。各位：我们希望活在犹如水晶球般透明的地方，我们希望善于推理，我们想要质问证人却又希望自己永远不要被问，可是我们无时无刻不被问题包围，却不知道怎么一个个回答；尽管我们不愿意，却在调查当中，摸清了自己的真面目。我们就是自己，不是那些只想住在象牙塔里的诗人，不过每当我们堕入俗世，却在不知不觉中，暴露了自己最糟糕的秘密。

"1868 年，有名富商在雅典的一间旅馆惨遭杀害，他被人发现时已在床上断气，一把利刃插进他的心脏。那把利刃来自旅馆的厨房。商人是半夜遇害的，因为当时没人进入旅馆，凶手自然是其中一名投宿旅客。该名凶手只取了他性命，虽然死者家财万贯，身边带着珠宝和钱财，房间内的东西却一样也没少。富商的遗孀一得知命案，便寻求我的协助。我来到旅馆，全部的旅客都被拘留，直到雅典的警察准许他们离开为止。凶手想溜进房间内简直轻而易举，只需到门房的抽屉里拿走备份钥匙即可。而且根本不必怕惊醒守夜人，因为他睡得很沉，只有青铜钟声响起，他才会睁开双眼。任何一名旅馆的旅客都能轻易犯案，不过，大家都没有动机。

"我把旅客名单拿给遗孀，让她看看是不是有哪个名字觉得眼熟。她光看一眼，就告诉我里面没有一个是她先生可能的竞争敌手。只有一个名字似乎在哪里听过：巴希里奥·伊拉利翁，但她说不出来是在哪里。这个名叫伊拉利翁的人独自投宿在四楼的房间。我去拜访了这个人。他亲切地接待我，简洁但完整地回答了我所有的问题。他出生于雅典，但是住在铁沙隆尼卡；他从事由南美

洲进口香烟的贸易，生意利益跟死者并无冲突。他们俩住的也不近，不可能因为女人争风吃醋。他还说他并不认识死者。

"我拜访遗孀，告知跟伊拉利翁交谈的内容。她仍想不起来在哪里见过这个名字。我说服她将长年上锁的一只箱子交给我，里面锁着死者的完整过去：一些年轻时赢来的奖章、家族纪念品、学校作业簿，以及陈旧的信件。我在一封旧信上面，发现伊拉利翁的名字。

"他们是昔日的中学同窗，认识没多久后，就变成了形影不离的朋友。不过十三岁那年，死者严重冒犯了伊拉利翁，后者寄给他一封威胁信函，信上他怒气冲冲，但也为破裂的友谊感到心痛。之后，伊拉利翁转学，他们再也不曾见面。我将这件插曲告诉遗孀，她跟我都认为伊拉利翁是无辜的：没有人会为了十三岁那年的一句话杀人。于是，我一无所获地离开她家。

"各位都知道德尔菲女祭司有句神谕：认识你自己。我踱步回家，这段路上心情低落不已，一颗心揪得死紧，不是因为解决不了案子，而是那些锁在箱子里的陈年信件让我忧伤。有一天，我们都会像是那些成捆锁在箱子里的信件。于是，我想起了早已遗忘的一件插曲，如果不是这件离奇的凶杀案，我相信直到我咽下最后一口气那天，都不会再想起这件事。三十岁那年，我搭乘一艘往返皮埃罗港口跟布尔迪西之间的轮船。那时我正为恋爱所苦；

尽管当时下着冰冷的雨水，我还是想要一个人待在船舷边，远离挤在船舱内的人群。忽然间，我看见几公尺远的地方有个跟我一样孤单一人的年轻男子。那是我的老同学，他是我某个绰号的始作俑者，至于绰号是什么我不便透露，虽然没特别难听，却也让我痛苦了好几年。随着时间过去，我终于忘掉一切，忘掉同学们可能在暗地里的取笑，忘掉取绰号的祸首，甚至忘掉绰号。古希腊人曾说过记忆之术；但是我认为只有在遗忘里，所谓的艺术才真正存在。我以为那件事早已从我的记忆抹去，然而乍见几公尺远的老同学（他没看到我），却感觉到那股恨意席卷而来，完整如昨。刹那间，我有股杀了他、一了百了的冲动。这类因一时冲动下手，经法官判定‘非预谋犯案’的凶杀案，其实才是所有案件当中最该被归为预谋的：它花了一生的时间酝酿。

“我的老同学是个瘦巴巴的男子，至于我呢，就像各位看到的，虽然矮小但却算精壮；我可以轻易将他一把推下船，不会有人注意到。没人听得见他在怒涛中的喊叫声。当我就快要扑到他身上时，一个小女孩跑了出来，大声喊着他。我的老同学，也就是小女孩的父亲，响应了她的呼唤，跟着她走开。在那一刻，我才回过神来，惊觉自己本来要干的事。我的敌人于是就这么永远消失在我的视线外，消失在我的生命中。

“遭强制拘留在旅馆内的旅客，终于都可以离开。当我去找

伊拉利翁时，他正在整理行李。我跟他讲了那次到布尔迪西发生的故事，但没告诉他讲这件事的目的。这个男人耐心十足，他听我讲完，完全没打断。故事说完之后，他露出坦然接受的表情，没有挫败懊恼，然后告诉我实情。

"当时巴希里奥·伊拉利翁正在旅馆餐厅用晚餐，百无聊赖的他注意到窗边的男子是童年的老朋友。整个用餐时间，他盯着对方大口吃饭喝酒，自己却连一口也吞不下。他的视线无法离开对方身上；吸引他的，除了将桌上食物一扫而空的男子，还有内心那股并未随着岁月淡忘的恨意。那个商人曾经在四十年前伤害他，此刻伊拉利翁觉得，比起往日的清晰恨意，这些年来的一切不过是虚幻的事物堆积而成（逃避婚姻的不停旅行、爱上天文学、开始让他感到乏味的情人）。这股清晰而真实的恨意，跟他人生中的其他事物截然不同。而他就是由这股恨意凝聚而成。

"富商那次对他的羞辱（伊拉利翁没告诉我是哪种），造成他好些年都为睡眠障碍所苦。随着时间过去，他学会让自己睡着，但是看到商人的那刻，失眠又开始找上他。伊拉利翁发现自己已经在策划该怎么作案，就仿佛置身一场游戏中：他从餐厅偷走锋利的刀子，跟踪死者，弄清楚他睡在哪间房。当他回到自己的房间时，他对自己说，这只不过是个玩笑，我可不是个杀人犯。但他怎么样也睡不着，躺在床上翻来覆去。平常的方法根本无效——吃颗苹果、喝杯牛奶、泡个热水澡，或是滴几滴总是随身携带的琥珀色镇静剂。他知道睡眠之钥在何处。凌晨四点，他绕过睡着的守夜人，偷走钥匙，上楼到三十六号房，一刀刺死他的敌人。他只对一件事感到后悔：他应该告诉对方杀他的原因。他觉得死者应该要知道今日的死劫是他过去所做之事导致的；这不是那种街头凶杀案，或者在山中失足意外摔落。之后，他脱掉沾血的衣服，轻松入睡。到了早上，他再销毁衣服。"

"我们非常感谢马多拉奇斯带来的演说。"阿萨奇说，"下次我出门到瓦索维亚，又碰到中学老同学时，我会注意别背对着他们。现在轮到谁分享？"

7

纽伦堡神探托比亚斯·赫特站了出来，亮出一个玩具给大家看。那是个小小的厚纸板黑板，他用小木棍在上面画了张图，然后把纸片移出外框，再归回原位，仿佛变魔术似的，画消失了。

"去年纽伦堡有个笔记簿和纸张制造商，在市场上发售这种黑板，称为阿拉丁黑板。正如各位所见，不需要墨水就能在上面

写东西，接着可以马上清除痕迹。魔法不是来自这支小木棍，而是纸板。这片纸板会跟里面的另一片黑色纸板接触，两面纸碰触到的地方，表面就会浮现图案。那么，若是我们拆掉这个玩意儿（不必担心，这才几个子儿的价值），我们就会看到一片黑色的醋酸纸板。虽然划过的所有线条全部消失了，比较用力的线条还是会在这片黑纸上留下痕迹。在这么多抹去的图画当中，有一些会留下痕迹，这些痕迹则构成一幅奥秘的图画。各位，这就是谜案和解答之间的关联。我们不断在表面堆积证物、线索、字句，我们每个人在面对排山倒海而来的大量琐碎东西时，是不是都曾感受过心烦气躁？在戏剧里，侦探总是说：该死！凶手没留下什么线索。可是在真实的世界里，不可能遇到这等事：大批的线索跟厘清线索的工作，快把人搞疯了。这就是我们，我们是受限于方法和直觉的奴隶，经常搜寻着表面上无意义的线索——这是警察领薪水所做的活儿——想找到底层那片黑纸上所藏匿的真相。

"我在纽伦堡学会了这一行的入门知识。在这座老城里，有条专卖古书的巷子，其中一间书店叫作'拉斯穆臣书屋'；我二十二岁时，书店老板恩斯特·拉斯穆臣遭枪杀身亡。他的儿子跟我是军中战友，同属一个分队。在那之前，我从没有解决案件的经验，我一心向往从军，而不是当什么哲学家，不过我相当喜爱猜谜——编谜语或猜谜语都难不倒我，或许因为如此，朋友要我帮忙找出杀害他父亲的凶手。

"拉斯穆臣先生是胸口中弹，一枪毙命。凶手趁着暴风雨来袭，大约半夜到凌晨一点之间下手。书商很少大半夜还留在店里，不过也不无可能，他已经事先告知会留晚一点儿，研究一批从路德教派牧师的遗孀那儿买来的宗教书籍。拉斯穆臣身亡时手里紧抓着一本书不放，仿佛想带上黄泉路。于是我问他的儿子汉斯，为什么会有这种动作，他回答我：

"'我父亲买卖各种古书，但是他最爱童书。他对《格林童话》尤其爱不释手。那本是 1815 年初版的第二册。尽管发生命案，我想说这是我父亲表达对书籍之爱的最后一个动作。'

"这个儿子对书兴趣缺缺，只喜欢玩乐，显然跟军中众多性喜冒险的士兵一样，一生大多浪费在追逐女人以及巴登巴登的赌桌上。他们乐于接到开战通知，因为，他们相信能从来自远方的纷扰，找到自己无法建构的秩序和命运。所以汉斯对父亲的生意认识不多，无法告诉我是否有哪本重要的书籍失窃。我搜寻线索，除了凶手、书商跟警察留下的泥巴脚印之外，并没有什么不寻常的地方。我坐在椅子上，面对书商被杀的那张桌子，开始翻阅那本《格林童话》。

"我也非常喜爱童书，相当熟悉格林兄弟的作品。今日在我们眼里，这对兄弟形影不离，恰似罗马双面神雅努斯雕像，但是在

现实生活中他们却截然不同。雅各布是个哲学家，他收集民间故事，并忠实传播所听所闻，丝毫不在意有些故事空泛无意义。威廉则相反，他希望故事能更完整，而且必须有意义。他比较不那么着重在故事本身是否忠实呈现。他一再修改接下来的版本，于是和原本口耳相传的故事，差距越来越远。

"我手里拿着书，一方面感觉自己想效法威廉，让这起命案就这样落幕：书商受伤身亡，无法叫人写下遗言，于是决定用最后的举动表达对书籍的热爱。但是另一方面，我又想追随雅各布，忠于找到的脚印。于是我秉持这个信念，开始翻阅书本内容。

"书本里总藏着东西。我们会忘记夹在里面的彩券、剪报、刚收到的明信片。但是书里也有模样吸引人的花朵、叶子，或是捕获的昆虫。我手里的书，里面应有尽有，分散在不同的页数。各位请记住阿拉丁黑板：虽然表面布满线条，却应该直捣里面黑色纸片的地方。

"而忽然间，我找到一条线索。那是有褶痕记号的一页。如果在其他时候看到另外一本书里的褶痕，我不会感到奇怪，不过我猜像拉斯穆臣这样的书商，绝不可能在初版的《格林童话》上折页。所以我特别读了那页，仿佛那是死者生前留下的最后讯息。

"《格林童话》的初版里，有些具预言性质的故事，在后来的版本里被拿掉了，或许是因为那不是老少咸宜的故事。这本里有篇故事，叙述三名女子被魔法诅咒，变成花朵。然而，夜晚降临时，其中一朵能变回人形，回家跟丈夫过夜。有一次破晓时，她告诉丈夫：你要是到田野去，看到三朵花，知道我是哪一朵，就将我拔起，这样一来，就能破除我的魔咒。第二天，丈夫到了田野去，认出了妻子，并救了她。如果这三朵花看不出差别，他是怎么辨别的？故事书留下一部分空白，让读者找到自己的答案。接着，以一个解释作结：因为这名女子回家过夜，并没有留在田野，所以没被露水浸湿，这就是丈夫认出她的方法。

"我就是凭这个故事，找出杀人凶手。嫌疑犯当中，警察曾将矛头指向一个叫卢茂的家伙，这个人走遍每个村庄，专门用现金收购罕见的书籍，再转手卖给柏林的藏书家。但是那晚，没有人看见卢茂离开旅馆。此外，警察搜过他的衣服，并没被弄湿，若是有湿衣服，卢茂也早就连同凶器一块丢了。

"负责命案的警长让我跟在他身边一起去见卢茂。他的东西都是干的：不管是靴子还是衣服。不过，当我搜查他的书籍，他的脸色转为惨白。我找到萨比科一间修道院为住在古腾堡的信徒印制的一本《圣经》。拉斯穆臣的袋子没保护好《圣经》，内页被水浸湿而膨胀。他很快便俯首认罪。拉斯穆臣不愿意卖他那本《圣经》，但他已经找到一个好买家，所以决定半夜潜进书店。那天很晚还留在书店里的拉斯穆臣发现了他，卢茂吓了一大跳，于是

朝他开枪。

"被警察带走之前,卢茂问我:您怎么知道我是凶手?我告诉他,是因为那本《格林童话》,并把书给他看。我说,我在这本书里面学到分辨干湿。

"卢茂快速翻了那本书,然后还给我。'这是我小时候最爱的一本书。如果我的失败真的要归咎于一本书,那么最好是这一本。'"

阿萨奇拿起托比亚斯·赫特的玩具,花了几秒钟在上面画画,然后再消掉。

"这个玩具就像是我的记忆。我转眼就能忘记一切。"

"可是阿萨奇侦探,在记忆深处的那块黑色板子上,有个东西会永远留在那里。"

"希望真有留什么下来。"

佐川站了出来,递给阿萨奇一个像是紧急通知的纸条。那是张白纸。

"这是什么?无字天书?"

"谜案。这是我们永远的谜案:一张白纸。"

"您的意思是?"西班牙神探罗荷问,"我们什么都不要调查?都用胡编的?我跟巨型章鱼作战的事迹,都被指控说是凭空捏造的！"

　　"不是，当然不是这样。但是谜案就在表面，并非在摸不到的深处。我们则是造谜者，拿几件事凑成了一件谜案。是我们自己，认为一宗神秘的命案，远比死在战场上的上千人类还要重要。这是禅告诉我们的谜案的意义：没有神秘，只有空无，神秘是我们一手营造出来的。引导我们脚步的，是我们对谜案的理解，而不是凶手夜晚的行动。或许我们应该放下命案，忘掉凶手，难道大家没发现每个人对同一件谜案，都有不同的解读？或许在骨子里，这些都只是一片空无。比起各位的案子，我的案子更是如此。各位知道我的专长是找出无形的东西，而不是找那些下毒、开枪或是拿刀杀人的凶手；我调查的对象，称为'蟋蟀猎人'。"

　　"蟋蟀猎人？"罗荷问，"您是不是在比喻什么？"

　　"我用来比喻我要讲的东西。我把逼他人自杀的人称为蟋蟀猎人。他们是杀手里最狡猾的一群。我会跟大家解释这个名称的由来。"

　　佐川一边说话，一边几乎是不经意地走向全场的中央。

　　"蟋蟀猎人杀人不用武器，他们经常利用刊在报纸上的几行字；其他时候，则是散布不怀好意的流言，或光只是摇摇扇子示意。有人用一首诗就能杀人。我的时间，都花在追逐这些散布蟋蟀的恶徒上。但是我时常问自己：要是我从一开始就大错特错了呢？或许

我应该让自杀者就自杀吧，以免改变万物的更迭。难道我没看过毫无神秘可言的行为之谜吗？从出生起，就注定走向异于寻常的死亡之路？我的噩梦里没有命案，我会梦见一张白纸，上面什么都没有，我则是那个写上意象符号的人。这就是我想问各位的问题，我们除了是解谜者，是不是也应该是谜案的守护者？咱们的希腊同行拿伊底帕斯和人面狮身兽当例子。可是我们不只是伊底帕斯，我们也是人面狮身兽。世界的神秘面纱正慢慢地被揭开，我们应该护卫证物、消除疑问，但我们同时也是奥秘的最后守护者。"

佐川的话让所有的侦探一头雾水。如果他是个西方人的话，他们就可以跟他争论。

"给我们举个案例吧。"阿萨奇说，"这样的话，或许我们能体会个中意思。"

"在各位面前吹嘘我的本领，会让我自惭形秽。我要讲一个不是我经手的案件，这样大家就能了解为什么我叫那些人是蟋蟀猎人。"

当佐川讲话的同时，他的助手冈野低下头，露出尊敬的模样。

"末木先生是 S 市一间银行的经理。我不方便透露城市的名字，只需告诉各位，春天时，城里到处都是蟋蟀，但是当地居民认为蟋蟀象征财富，从不捕杀。末木先生弄丢了一大笔钱，却没有遭到起诉。警察到他的办公室，找不到可以指控他的证据，他们唯一注意到的是末木先生紧张兮兮，不小心踩死一只从窗户溜进来的蟋蟀。末木的会计须贺先生，在此事件之前的表现一直无可指摘，但最后却落得蹲苦牢的下场。他不肯吐露半个字，也没有控诉任何人；坐牢的那几年，他靠着阅读古圣先贤的作品度日。

"随着时间过去，须贺服完刑了。这时，末木先生已经是东京一间银行的经理。须贺准备好要复仇，不过他不用刀或枪。他读了那么多书，也反复思考过，目的是让内心褪去不必要的想法和偏见。他学会了观看没人注意的地方。有天晚上，他从一扇敞开的窗户溜进末木的家；他没有碰触任何东西，只是将一只蟋蟀放在大厅中央的榻榻米上面。天亮前，蟋蟀的叫声吵醒了末木。这位银行家忽然间想起城里一位诗人的诗句（让他想起诗句是须贺计划中的一部分）：

你在梦里杀死的蟋蟀，

早晨又开始再次鸣唱。

"末木知道自己的行踪已经暴露，当晚便服毒自杀。"

服务生已经端完酒给所有侦探们，也端水给在场助手——这是十二神探的礼节，他递了杯酒给日本老侦探，不过后者谢绝了。

"须贺开创了蟋蟀猎人的惯用做法：不论男女都能利用暗示、

记号，以及看不见的线索杀人。但是这些猎人需要与之相抗衡的力量，我就属于这股力量。当然，我们没办法将这些人送进牢房，因为法官不可能对蟋蟀、蝴蝶，或者隐含秘密意义的诗立什么法。但是我们会写下并公布我们的裁决，这经常能让罪魁祸首名誉扫地、哑口无言，有时甚至逼他们走上绝路。可是我扪心自问，所谓的敌人如果只是想象呢？我发现的东西（依循缜密杀人做法的男女），是不是只存在我的心底？"

佐川踱着细小的步伐离开场中央。阿萨奇坐在椅子上，那模样不是过于专心，就是睡着了。马格雷里语气酸溜溜地对他说道：

"好吧，阿萨奇，您是主办者，您已经有东西可以放在玻璃柜里展示了。您打算挑哪样来代表我们这一行呢？永远拼不完的拼图，分不清楚是物品还是脸的图画，会问谜语的希腊怪物，阿拉丁黑板，白纸。要选哪一个？"

阿萨奇忍着想打呵欠的冲动。

"最后上场者向来最有优势：他的余音还缭绕在耳。毫无例外，我选佐川。我也怕整个犯罪调查，其实说穿了只是一张白纸。"

8

虽然筋疲力尽，但我依旧很晚才睡着。我的周遭充满新的事物，脑子徒劳地试着消化这些不停出现的想法、人物以及场景。我没有睡意，因为有太多东西让我无法安眠。我回想着座谈会听到的字字句句，神探们的展览，助手们私底下的评论；我不停地想象自己不再是像卫星般的配角，而是变成脚步坚毅地走向舞台中央的主角。能够当个助手，见到十二神探，实在是莫大的幸运，白天的时候，光是这些就让我心满意足；可是到了午夜梦回，我渴望更进一步的东西。

我睡了几个小时，但感觉自己几乎没阖眼。走廊传来的声响吵醒了我：人的奔跑声，关门声以及喊叫声。我洗把脸，刮掉冒出来的胡子，然后穿上衣服。我来到走廊上，一边调整领带的结。托比亚斯·赫特的助手林克撞到我，他没说半个字，继续奔跑，仿佛被走廊上的推车拉着跑；贝尼托跟在他后面，脚步一样匆促。

"路易·达朋被杀了。"贝尼托经过我身边时，这样对我说。

我感觉还没从梦中醒来，十二神探成员不可能被杀。他们不是不死之身俱乐部吗？不管是来无影去无踪的窄剑、从锁孔射出

的冰箭，还是刺上涂了剧毒的完美玫瑰花，不是都伤不了他们一根汗毛吗？

我跟着他们奔下楼梯，跑到大街上。早晨凉飕飕的，我谨慎地带了羊驼毛斗篷，暗暗为错过早餐感到可惜，这是我喜欢下榻旅馆的唯一原因。所有的助手几乎同时离开涅卡旅馆，奔向同一个地点。行进途中，有时我们紧紧挨着，看起来就像一群耐力赛的运动员，但接下来我们就被阻碍物分开，那全是些为了即将来临的世博会而出现的东西：载运材料到铁塔的车子、关着一头犀牛的铁笼、跟雕像一样安静不语的上百名中国士兵，正等待某个不知身在何处的将军下达指令。

连走带跑二十分钟之后，我们到达铁塔下。记者和摄影师相互推挤、分开，又再度推挤，仿佛集体跳着舞似的。法院停尸间的救护车已经在一旁待命，拉车的马匹看起来冷漠、有耐心，若有所思的模样。

我想看看尸体，但没办法穿过拥挤的人群。阿萨奇帮我开路，他大声喊道：

"萨瓦迪欧，过来这里！"

我抬起手肘往前挤，走到只有得到允许的人才能进去的区域。若不是阿萨奇召唤的声音，我也无法穿过重重包围的人墙，他的声音就像是拉着我的一条绳索。摄影师的闪光灯照着死者的脸部，空气弥漫着镁的酸味。

"现在我有一桩命案，可是没有助手。我是唯一没有助手的侦探。在你们未开发的国家或许可以把这当作习惯，不过在我的城市就太过奇怪了。好好看清楚这一切。我要你跟我一起工作，有什么看法就说出来：对侦探来说，任何想法都胜过平民百姓的蠢话。"

"发生了什么事？"

"达朋正在调查反对铁塔的分子，这些人最近寄了数百封匿名信，并搞过几次小破坏。他一个人在晚上爬上铁塔，调查线索；当他爬到第二层平台，却失足摔落。我们只知道这些。你到底接不接受？"

"接受什么？"

"当我的助手。"

"当然接受！"我立刻说，惊讶不已。我不自觉大声回答，尽管周遭闹哄哄一片，大家仍转过来看我。多谢奎格选我当助手，送我来巴黎；多谢阿萨奇接纳我当助手，但是这也得拜神探从铁塔高处摔落之赐。停尸间的员工身穿灰色制服，头戴法兰绒便帽，带着尊敬又略微不耐的表情，从地面抬起尸体，移往能进行解剖和厘清疑点的隐秘地点。

9

两个小时之后，我们终于得到进入大楼停尸间的许可。我们将记者和好奇民众抛在身后，他们正挤在栅栏外等待着惊人的消息。如果不是阿萨奇对大楼很熟，我可能会在不停左转的走廊以及往下的楼梯之间迷失。波兰神探大步往前走，带着被凶杀案勾起的那种病态的兴奋。仿佛他每往前踏一步，就掌控了世界。可是当我们走进大厅，他低下了头，那模样就像进入一间教堂。此刻，他的脸上露出一种既谦卑又带着挑衅的表情，那种圣人脸上的表情：不是太过就是不及，庄重中流露放肆，抗拒中却又带着欣喜。

高高的天花板垂吊着灯，绿色的灯光下，有九张排成一列的空担架，一张正在使用。强烈的漂白水味扑鼻而来，还有一种我觉得像是樟脑的味道。达朋躺在担架上，尸身赤裸，皮肤如月光般皎洁，身体因为从铁塔上摔落而出现撕裂伤和瘀青。如今只有凭借白色的胡子，才得以凭吊他往日那种权威的形象：低沉的声音，微笑都化不开的严肃——只有在讽刺人时才卸下，和惯于面对挑战的眼神。

法医是个姓葛达的矮小男子，他以一种不求回报的热切态度，

跟阿萨奇打招呼。巴黎神探（现在已经没有敌手跟他争夺头衔）不
太甘愿地将一起过来的赫特、卡斯特维堤亚及马格雷里介绍给他。
我是大厅里唯一的助手。

"有机会跟十二神探成员见面，是我的荣幸。"葛达医生说，
眼神驻足在除我以外的其他人身上。

"我想，这次的命案对您和我们来说，都是前所未有。从来
没有人从那么高的地方摔下来过。"赫特自以为是地说。

"赫特，您在胡说什么？"阿萨奇接腔，语气十分粗鲁无礼。
"难道您以为阿尔卑斯山峰的隘口，没有罹难者的尸体吗？"

"应该有吧……不过没人见过。"

"我看过。"

葛达开始指出摔落的伤痕。

"看看他摔断的双腿，这证明他摔下铁塔时意识清醒，所以
双脚垂直坠落地面。他在摔落的时候，曾擦撞到某个凸起的东西，
撕裂了他胸部的皮肤，但是还不至于夺走他的命。"

卡斯特维堤亚脸色发白，左顾右盼，像是在找扇窗户。

"各位靠近一点。我年轻的时候，都是露天进行尸体解剖。
我们得趁着天黑到看不见细节之前，赶紧在阳光下完成工作。不
过现在，我们很幸运地拥有灯光了。"

"每个礼拜都有尸体送来这里吗？"赫特想知道。

"每个礼拜？是每天！一年有上千具尸体：自杀、意外身亡、遭谋杀。最近毒杀的案例越来越多，一年大约得解剖一百四十具尸体。处理毒杀，必须相当谨慎；以前毒杀只用砒霜，我们可以很容易认出发作症状，可是现在，每天都有新的剧毒出现。"

阿萨奇抬起死者的手，指着其中一片指甲。指缝里有某种黑色的东西。

"路易·达朋非常爱干净。为什么指甲脏兮兮的？"

"真抱歉，他的双手被油沾黑，我们费了好大的劲儿才搓洗干净。但是再怎么仔细，总有遗漏！"

"总有遗漏？应该要全部留下吧！您把证据都洗掉了，我们要怎么调查？"

"我觉得这没什么好大惊小怪。那只是油。他从铁塔摔落，我可以想象那座壮观的塔上到处都是机器的油。"

阿萨奇欲言又止，接着，气呼呼地离开大厅，我追随在他后面。他朝着走廊的墙壁撞了好几次头。

"蠢货！那个该死的葛达医生一直站在达朋那边，他根本只配称得上是个殡葬业者。你觉得咱们该怎么做？"

他居然会问我的意见，让我吓了一大跳。我对法医所作所为的意见，又值几斤几两？

"我想我们应该去铁塔那儿一趟，也就是达朋跌落的地方。

查查看油是从哪儿来的。"

"不行！不行！你是个助手，理当要表现出一般民众的反应。比方说：油没什么好大惊小怪。塔上到处都是机器的油。"

"可是我不那样认为啊！"

阿萨奇再次对墙壁撞头，不过这次是轻轻的。

"我的好谭纳总会做出贴切的判断。奎格的助手学院失败了。难道他没开一堂学习普罗大众反应的课程吗？"

"我知道自己不像其他助手那么优秀，不过我会努力跟上。"

"其他助手？不必模仿其他人，那个黑人是个小偷；安达鲁西亚佬则是个骗子；林克是个蠢蛋；苏族印第安人我不予置评，我想他不是真人，是杜莎夫人的一尊蜡像。"

"那卡斯特维堤亚的跟班呢？我还没看到他。"

"您恰巧提到一个让人浑身不自在的秘密。没有人见过他的助手。我从不多问，不过我们聚会时，难免会有人问起。我相信依他娘娘腔的样子，应该是没有助手才对。如果有的话……应该跟其他的助手不一样。您明白我的意思吧！去调查这件事。对您来说，这应该是件好差事。"

发泄完他的怒气，阿萨奇回到大厅。葛达医生已经将尸体翻过身，指着后背的伤口。卡斯特维堤亚昏坐在一张金属椅上，葛达的一名助手拿着嗅盐，试着让他清醒过来。

"各位，我发誓这是我第一次遇到这种情形。"卡斯特维堤亚一回过神，便解释道。

阿萨奇瞥了我一眼。

"我真想念奎格。"他说。

<h1 style="text-align:center">10</h1>

那天晚上，各个侦探再次聚集在努曼西亚旅馆的地下大厅。大家表达痛苦的方式很奇特：杰克·诺瓦利乌斯戴着白帽子，在大厅内大步走来走去，他的印第安助手则一动也不动；卡斯特维堤亚嬉皮笑脸的；赫特一边等座谈会开始，一边拆解一个看起来像是人工心脏的机械；佐川整理着花瓶里的花朵，拔掉一些花瓣，任凭其掉落在桌上。他们是侦探，犯罪案件是他们的美酒，不能怪他们铁石心肠，连滴眼泪都不肯施舍。

只有阿萨奇此时看来满脸哀伤。

"等卡斯特维堤亚离开，你就跟踪他。我今天就要知道他的助手究竟是怎么一回事。"

这是跑腿的工作，尽管我不太喜欢，也只能接受。我其实不想卷入侦探之间尔虞我诈的阴谋。

　　阿萨奇站在全场中央。玻璃架上已经开始摆上东西：一支巨大的放大镜，一台显微镜，一个放上罪犯照片的小型金属档案柜，一支发射麻醉镖的手枪，一台催眠机器。奎格那把隐藏多功能的手杖没和其他的物品放在一起。阿萨奇开口说话：

　　"正如我们所知，路易·达朋昨晚从铁塔通往第二层平台的楼梯摔下身亡。现在没有任何迹象能够显示这不是意外。"

　　"栏杆呢？"

　　"栏杆有瑕疵，正在更换。"

　　"好吧，阿萨奇。谁会相信这是个意外？"赫特说。

　　"我会负责调查这件案子，一有确定的消息，就通知您。"

　　卡勒·劳森是个驼背的高个子，浑身被烟斗的烟雾包围，他站了出来。

　　"我不认为只由一个人负责案子是公平的。我们都知道达朋瞧不起您。若要说谁有嫌疑，那人非您莫属。巴西丹探长来过这里问问题。"

　　"闭嘴！劳森！"马格雷里愤怒嚷道，"阿萨奇和雷纳多·奎格是我们俱乐部的创始元老。您不能因为一个区区的蠢巴西丹探长问过问题，就随便加以指控他。您没看过葛利马的杂志吗？"

　　巴西丹探长一向是《线索》杂志嘲弄的丑角。他都追查显而

易见的线索，最后一败涂地。

"路易·达朋是十二神探的一员。"劳森用英语说道，"有人大胆将他从铁塔推落。此外，我说阿萨奇啊，他一死，巴黎不就都是您的天下了吗！"

阿萨奇耸耸肩。从不发言的佐川，此时开口：

"应该由阿萨奇负责这件命案。这是他的城市，我们有什么资格在巴黎调查一桩谋杀案呢？要是有人从东京的某个铁塔摔落，我绝对不会允许各位插嘴或是插手，调查让死者从塔上跳下去的念头。"

"佐川，在西方是没有人会挥挥扇子或是用一首俳句就逼人跳塔的。"劳森说，"在这里，如果有人掉下去，准是被人推落的。我们都知道，要怀疑那些能从死亡案件获得好处的人。为什么不能怀疑阿萨奇？"

日本侦探冷静回答：

"我相信，如果阿萨奇当真是凶手，他也会追着指向自己的每条线索，指控自己犯下凶杀案。"

佐川说的话没有一点儿道理，不过，胡言乱语通常比条理分明的意见还要难以反驳，一直都是这样的。

阿瑟·涅斯卡的声音响起：

"阿萨奇讨厌我家主子路易·达朋。案子一旦交给他调查，永远都别想找到真凶。或许会变成由无辜民众付出代价。"

"助手发言应该要经过主子特许。"赫特说，"这是门规。"

"我的主子已经过世了。我是代他发言。"

"没关系，赫特，就让他说吧。"阿萨奇说，"情况特殊，我们总不能一直照着规矩。我会负责调查这起命案。我不会征求大家的同意，因为这不是和十二神探互争高下。如果各位想自行调查，请便。但是我们不该互相竞争，我们要互相照会各自的发现。"

一阵不信任的私语声此起彼落。

"阿萨奇，"卡勒·劳森说道，"大家都心知肚明，要我们交换自己知道的内幕是办不到的。这么多年以来，我们各自累积秘密，编织寂寞，要是现在想团体行动，未免太晚了。"

涅斯卡老是哭丧着一张脸，现在的处境更加加深了他的表情。他讲话的语气已经嗅不到跟班该有的谦恭，甚至大胆建议侦探：

"请大家小心。我认为，想从中调查出什么蛛丝马迹的人，说不定看不到明天的太阳。"

"当心点儿，希望你别因为痛苦而太过莽撞。我们有逐出师门的门规。"赫特警告他。

"逐出哪里？我已经失去侦探，无人可服务。凶手已经放逐了我。"

到这个时候为止都低声说话的阿萨奇，提高音量：

　　"我不会在意你的疯言疯语。不过我需要达朋的文件，我得知道他在调查哪一个家伙。"

　　涅斯卡对阿萨奇露出一抹挑衅的微笑。

　　"我把所有的数据都交给他的遗孀了，手边没留任何东西。要是您能说服她，就能拿到所有的文件。'

　　涅斯卡不声不响地离开了大厅。在场的侦探跟助手都陷入沉默；而这几秒，是大家对路易·达朋表示的唯一敬意，在这绝无仅有的一刻，他的死对侦探来说不再像一件谜案，不再像是满足贪婪好奇心的甜点，而是一项损失。不同于其他同伴的静默，阿萨奇带着严肃的态度开口说道：

　　"或许达朋是意外跌落，或许是从前的某个敌人打算跟他清旧账。但是我们应该要注意其他可能性。我们聚首巴黎，是要把我们这一行和人类其他的心血结晶一起展示。也许某个陌生的对手，逮到了机会向我们下战帖。这样一来，除了展示犯罪调查的艺术，犯罪的伎俩也连带被端上了台面。"

第三部　铁塔之敌

1

　　铁塔矗立在灰蒙蒙的天空下，展示着它壮观但看不出用途的外貌。铁塔的建造，仿佛只为了让它在乌云密布、飘着绵绵细雨的日子，也能成为远处可见的地标。几年后的 1900 年世博会上，被汽车围绕的铁塔看来已过时，不过建造当时可是惊世骇俗。铁塔最令人啧啧称奇的除了它的高度，还有它届时的去处，这种庞然大物得遇到什么大灾难，才能像将玩具收回木箱里一样从地表消失吧。而它给周遭带来了一种像是置身游戏中的不真实感，在我们的耳边窃窃私语着：人生如戏。

　　电梯有点儿像棺材，未到高处之前，让人有种身处地底世界（例如火山底层、矿脉，或阴间）的错觉。可是，它如此轻松地往上升，我真怕会掉下来。电梯还没建到第二层平台的高度，所以我们在第一层平台下电梯，继续踩着楼梯爬上去。阿萨奇走在前面，我试着跟上他的脚步，爬上命案现场。当时的我还是个经验不足的生手，但尽管是看过了数百起"命案现场"后的现在，我敢说，那是我见过最不像发生过命案的现场，这里笼罩着沉默与安静。我知道一根火柴、一滴血，墙上的一块污渍、一张剪报，都可能是指出凶手的线索，不过"命案现场"首先让人注意到的是，这一切完全不合理。每当遇到命案，我们都会先行思考是否有哪里不对劲儿。

"我们遇到的是一桩'密室案'。"阿萨奇说，他看上去没有一丝疲惫，"这件命案，是露天密室案。没有人看到凶手进入或离开。"

我记得死去的阿拉尔贡曾经认为"密室"这个词并没有意义。我不知道一边气喘吁吁一边讲话，是不是能完整表达阿拉尔贡的那句话，但是阿萨奇似乎听懂了，因为他回答：

"你是在引用哪位权威人士的话？"他问。

"阿拉尔贡，奎格原本心仪的助手。"

"他解决过很多凶杀案吗？"

"并没有，他在第一起案件就不幸丧命。"

"我想起来了，是那个惨遭巫师毒手的男孩。既然他已经死了，我们倒可以尊重他的胡言乱语。不过，你干吗要提起他的话？所谓的密室，是我们这一行的精髓。不管密室是不是真的存在，不管是否任何锁匠都能戳破这个讲法：我们得接受这个字的隐喻力量。"

我们抵达第二层平台，继续再往上爬几阶。工人发现原本铸造的栏杆有安全漏洞之后，已经先行拆除，新的则还没装上。达朋究竟是从哪里失足滑落，答案不言而喻，因为台阶上都是黏稠的黑色液体，一如阿萨奇在罹难神探的指甲缝里发现的东西。

"小心摸到的东西和脚踩的地方。"阿萨奇警告，"到处都是油污。"

"还有玻璃碎片。您觉得是杀人凶手拿装油的大玻璃瓶砸他的头吗？"

"凶手在下手时，人一定不在这里。达朋年纪大，爬楼梯很吃力，他拄着手杖，那支手杖只有内藏短剑，不像奎格的手杖处处机关。凶手约他到高处见面，答应透露关于铁塔攻击事件的内情。达朋急着想在我们的座谈会期间结案。"

"可是达朋只负责大案子。他只在意凶杀案，不是抢劫案，更别提只是个疯子寄出的几封匿名信……"

"你才到巴黎不久，还不清楚状况。你只看到拥有铁塔的巴黎，除了铁塔外，你的眼里根本看不到其他东西。对你来说，巴黎就等于铁塔。不过对本地人而言，我们在过去两年参与了铁塔漫长的兴建过程。这些支架以及高耸的钢铁已经潜入了我们的梦境。关于这个话题，每个人都得大声回答，不管是同意或否定。对某些人来说，这是件坏事，对于其他人，则代表未来，在悲观分子眼里，既是坏事，却也是未来。"

我不知道手该扶哪里，脚该踩在哪里，因为到处都是黑腻腻的油。

阿萨奇的声音仿佛从遥远的地方传来，就像一个人快要打瞌睡时刹那听到的声音。

"如果达朋能解决这件简单的案子，他的名字又会再度登上各大报纸，变成巴黎的焦点，将那个新来的踩在脚下……"

"那个新来的？"

"指我。他也喊我该死的波兰阴谋分子。"

阿萨奇从口袋里掏出一支镊子、一把剪刀，跟一个金属盒子，都十分迷你，犹如袖珍娃娃屋里的东西。他小心夹起一块要当作证物的玻璃碎片；我祈祷他别沾到黑油，否则我又得忍受他的坏脾气。他对我指着一条几乎淹在黑油里的绳索，然后用小巧的剪刀剪下一小段。他将绳索和玻璃放在盒子里，并收进口袋。

"你知道陷阱是什么吗？凶手在阶梯上放了一罐机油。这种油相当浓稠，很容易让人跌跤。达朋没提灯，摸黑爬上楼梯，或许是那个凶手故意要他这么做，通过什么信件或是纸条约他到这边，我们得找到这些书信。当他的脚踩到绳索，玻璃瓶翻倒，黑色的液体便流下阶梯。达朋滑了一跤，然后摔下铁塔。"

我问他：

"凶手是怎么逃过众人耳目，爬上铁塔，布置陷阱？"

"这个我查过了。工人下午六点下班，只留下守夜人。大家都知道他爱喝酒，那天下午，他收到不知名人士送给他的两瓶酒。他喝光了一瓶半，醉得呼呼大睡。他没看到凶手，也没见到达朋。"

我指着洒落在较高处台阶的一些黑油。阿萨奇拿着灯照亮。我说：

"我想，凶手原先想要把玻璃瓶放在高一点儿的地方。算过油流下的距离之后，他便换了地点。于是不小心洒落了一些液体。"

阿萨奇瞄了我一眼，有些不太高兴，好似不喜欢我指出凶手手法的缺陷。不过，他接着说道：

"对我们来说，这样更好。凶手的衣服、手套或者鞋子，应该会沾到油渍。你记下这些事了吗？"

"玻璃瓶、绳索跟黑油吗？我记得一清二楚。"

"我说的话呢？不是应该写下我告诉你的东西？"

我赶紧在口袋里翻找笔记本，拿出铅笔，笔从我的手指滑落，弹了起来，掉下铁塔。我从来没爬过高山或是高楼；我探出身子，从高处俯瞰景物变成什么模样。高处的景象，让我的双腿发软，双手及额头开始冒汗。

我试着把丢了笔当作是一个实验。

"听说要是一枚硬币从这个高度掉落，由于重力加速度的关系，可能会打穿人的头颅。"

"别傻了，你忘了算到空气阻力学。那现在你要怎么把我的话记下来？"

我举起食指，指着额头。

"我的记忆力很好。"

"要是老谭纳的话，他会对我讲的话惊呼'喔'或是'我怎么没想到'。至于你，连我说什么都没注意。你到底在看哪里？"

我慢了一拍才回答。

"我在看整座城市。您知道我有多么幸运吗？我才刚到巴黎，就站在这个高度，凝视着连土生土长的居民，都无福看到的城市面貌。"

"趁运气用完之前，离那边远一点儿；这里可还没发生过外国人自杀的案子。"

我们避开黑色油渍，开始下楼。

2

回家路上，阿萨奇看起来就像是泄了气的皮球。

"您觉得这件案子棘手吗？"我问他。

"只要是案子，就连最简单的也可能节外生枝变复杂。我担心的不是解决不了，而是解决的办法太平淡无奇，最后反而毫无价值。像是愤怒的情人、醋儿劲大发的丈夫，这种情杀案……"

"您讨厌情杀案？"

"讨厌。我宁愿起因是嫉妒、野心、复仇等欲望的案子（如果可能的话，最好是导火线是早就被大家忘记的荒谬原因），甚至包括不为人知的自杀案件。不过，千万不要是情杀或者一时冲动的犯案。解决这种案子不会有成就感，这种案子通常有固定的破案步骤。"

跟我们擦身而过的路人，不时会回过头看高大的阿萨奇一眼，他的照片经常出现在报纸上。阿萨奇的步伐颇快，无视于他所引起的注目。

"我们现在要做什么？"

"我不知道你打算干吗，不过我要休息一下。下午六点，我得跟博览会筹备小组的委员开会。至于我吩咐的另一项任务，有什么进展吗？"我摇摇头。他则继续说道："我知道卡斯特维堤亚曾在某间旅馆留言给一个叫雷纳的家伙，可是还没有人看到过这个人。"

"您是不是怀疑什么？"

"卡斯特维堤亚是最后加入十二神探俱乐部的成员。若不是奎格十分坚持，我不可能会接受。卡勒·劳森对他没好感，他们之间有桩陈年恩怨。我们寄出邀请函时，我又将他的履历看了一遍：他经手的案子，大部分都没经过证实。他可能是个卧底的记者，想借此收集资料，发行一本之侦探大揭秘之类的书籍，或者是欧洲警察年度秘密会议的特派员。"

"间谍？"

"谁知道啊！我们这些侦探的过去都很黑暗，而且大多是自己爆料的，这一行不像医生或是律师，没有工作地点可以证实过去的经历，也不像军人有那种能彰显名声的战争。我们的形象，是自己一手打造出来的。"

我们走到某处后，准备分道扬镳。阿萨奇命令我：

"明天起床后，你就跟踪卡斯特维堤亚，调查他的秘密。现在大众的视线都聚焦在我们身上，我可不想要什么意外惊喜。"

在阿萨奇的要求下，我只得乖乖跟着卡斯特维堤亚。想要跟踪一个跟监专家，当然不容易，我可能两三下就暴露行踪。奎格教过我们隐身妙招，第一步就是脑子里要想别的东西，然后走路要像梦游，假装像是不小心靠近的。我谨遵奎格的教导，甚至到忘了自己正在跟踪他的地步，于是竟然就在大街上撞上他。我几乎是喊叫着道歉，嗓音不由自主地提高，以免他认出我来。他的心思放在自己的事情上，所以连看都没看我一眼，很快地钻进瓦林斯基旅社。

我走远几步，瓦林斯基旅社是给疲惫且要求不多的旅客投宿的地方，既是客栈，也是妓院。这里跟当时巴黎所有的旅馆和民

宿一样，里面挤满旅客，因为各国来参访的委员会已经陆续抵达。我待在外头，等到他出来为止。接着，我坚定地踏进旅社，没继续跟踪他。有个近视的年轻男孩上前招呼我，也就是说来赶我出门的；我在他的口袋里放了几枚硬币，讲出雷纳这个名字。

"十二号房。"他对我说。

奎格曾经告诫过我：调查有时烦琐累人，有时则可以马上掀开谜底。身为侦探，应该要能随时进行调查，更要准备好面对意想不到的结果。我已经做好准备，于是敲门，门马上应声而开。房间里是个女孩，顶着一张刚睡醒的脸。我多次听人形容，爱侣经过酒精、黑暗，以及漫步月光下的催化，会变得大胆起来；可是，我却在这一刻立即爱上了女孩刚起床的那种惺忪睡脸。她的脸上露出一抹尚未完全清醒的微笑，缓缓地伸了伸懒腰。我目瞪口呆，不知道这个情况对于十二神探来说代表什么意义，不过我更搞不清楚对我有什么意义。卡斯特维堤亚的助手是个女人！有这种门规吗？或者是我不知道有这种门规。我努力压下震惊，装出高兴的表情。

我代表阿萨奇前来，替他发言，但是我哑口无言，连自己的名字都说不出口。

"不必说出我的身份。"女孩说，一副仿佛我已经知道她是谁的理所当然模样。

她请我进去，以免走廊上来来往往的闲杂人等看到我们两个。那些人有的是替博览会安装电灯的技工，还有举止低调的妇女，她们负责欢迎远到的外国宾客，让城市的美名实至名归，至于看起来像是标准巴黎人的年轻小伙子，则是来自南美洲、对苦艾酒没有招架之力的记者。

"我不知道俱乐部的门规允许……"

"门规写在哪儿？您看过？"

"在找不到的地方。它是写在侦探心里的。"

"但是他们空有脑袋。哪来的心啊？"

我坐在椅子上，仅浅浅地坐在边缘，一副随时马上要离开的模样。我想要生气，但怒气使不上来。等到跟阿萨奇讲这件事时再来生气吧，我心想。

她在脸盆里洗了把脸。

"我叫葛蕾塔·露巴诺瓦，波利斯·露巴诺瓦的女儿。我的父亲是俄罗斯人，不过在二十岁那年，他在阿姆斯特丹认识了我来自法国的母亲，她生我的时候难产过世了。当我父亲开始为卡斯特维堤亚工作时，他只不过是个毛头小伙子。他们的办公室在阿姆斯特丹，是卡斯特维堤亚跟一间轮船公司承租来的，两人一起解决了数十起案件。我的父亲将他从卡斯特维堤亚身上学到的本领，还有他自己教给卡斯特维堤亚的本事，全都传授给我。不过，

119

我的父亲喜爱女人，特别是那种有危险吸引力的；一个遭他抛弃的匈牙利女人，把捅了他一刀当作告别的礼物。当卡斯特维堤亚找到我父亲的时候，他已经奄奄一息。卡斯特维堤亚问他凶手是谁，我父亲则回答：有些案子，就应该当成悬案置之不顾。于是卡斯特维堤亚遵照他的遗志。葬礼上，我求卡斯特维堤亚让我跟在他身边工作。他答应了，起初只是当作玩笑，不过到后来也就认真起来了。"

"那卡斯特维堤亚是怎么一直隐藏您的身份的？"

"侦探们寻寻觅觅的，就是名声，他们知道声誉是犯罪调查最基本的东西：侦探在抵达一座城市之前，他们的名字会先满城皆知，在走廊上，在咖啡厅里，聊的都是这件事。有时成名有助于他们工作，有时则是羁绊，因为只要侦探走到哪儿，枉死的亡魂也都跟着增加。卡斯特维堤亚则不一样，他一向行事低调；自从他成为十二神探的一员后，愈发变本加厉地隐藏秘密。阿姆斯特丹的凶杀案不多，我们的同胞太过温文有礼，太过冷漠。彼此之间的疏离，让我们从不会互相残杀：因为没有必要。所以我们师徒经常四处旅行办案，这样一来，就不会有人注意我们破了哪些案。卡斯特维堤亚为了我舍弃了名声，让很多人怀疑他到底是不是侦探，不过他的所作所为，都是为了不让我曝光。"

她靠了过来，一股衣服在阳光底下晒干的气味扑鼻而来。

"我们相信，借由这次聚会，终于能将我的事公诸于世。卡斯特维堤亚已经准备好让人承认我的助手身份。"

"一个女人？想都别想。"我愤慨地说。我费尽千辛万苦，才爬到助手的地位。

"请问您到底是谁啊？门规守护者吗？"

"我只是个普通的信差。"

"别紧张，您担心的这件事不会发生。现在情况太复杂，卡斯特维堤亚已经打消念头。这个时候，所有的侦探都互相猜忌，甚至怀疑起达朋是惨遭自己人毒手。要是挑在这个节骨眼上介绍我，所有人准会攻击他。卡勒·劳森视他为眼中钉，更不会放过这个机会。"

"劳森为什么视他为眼中钉？"

"卡勒·劳森把十二神探里面的其中三个当作敌手：奎格、卡斯特维堤亚以及阿萨奇。他一直梦想领导十二神探，所以视奎格和阿萨奇为劲敌。如今，奎格已经卸下侦探身份，只剩下阿萨奇一个，最狡猾而且最难搞的一个。不过，他看卡斯特维堤亚不顺眼，是因为卡斯特维堤亚到伦敦那次，解决了'塔楼公主案'。"

"我没听说过那件案子。"

"没听说过？那问问劳森吧。他肯定会很高兴缅怀往日时光。既然您已经看到我的真面目，可以走了吧。您还想再打听什么？"

"您当个地下助手，能帮上什么忙？"

"我可以进出男士止步的地方。那些您想都不敢想可以进去的地方，可是敞开大门欢迎我。"

"那里肯定不会是我想进去的地方。"

"看吧，男人学不会好奇，只能假装自己有好奇心，到最后却显得虎头蛇尾。男人总问自己早已知道答案的问题，我则问不懂的东西。"

"那您不能离开这里吗？莫非卡斯特维堤亚软禁您？"

"我要去哪里都可以。我们总是暗中见面。"

"像情侣那样？"

"像造反分子，像革命党人，像父女。"

"像父女。"我喃喃重复道，难以置信。

"像父女。我能信任您吗？"

"从来没有人怀疑过我的操守。"

"我就姑且相信您那令人怀疑的操守吧。请想象一下，丑闻会引起什么风波，现在，犯罪调查技术正赤裸裸地公开展示，要是在这个非常时刻闹丑闻，还有谁敢相信十二神探？"

我得走了，不过还真有点儿舍不得，之前满心的不快已消失。有那么一刹那，我仿佛站在一段距离外凝视着一切事物。侦探、门规、阶级，甚至是犯罪案件，都只是一场游戏。我就像邮票收藏家，猛然发现手中把玩的竟都是些一文不值的废纸。

"现在，我请求您务必保密，离开吧！我得梳洗打扮。"

我从几乎没坐到的椅子上起身。我想开口说些什么，但是她伸出手指，抵在我的嘴唇上。她非常清楚该怎么要求别人闭上嘴巴。

3

我的第一起谜案已经解决，不过却得三缄其口，甚至是对阿萨奇。涅卡太太的旅馆早餐时间已到，其他的助手都用嫉妒的眼神盯着我瞧：我手上有桩调查任务，他们却只能抽烟、喝酒，打屁聊天。那个日本助手冈野，跟往常一样沉默不语，只是偶尔会坐在桌子前，提笔用他那像是图画的文字写信。林克跟巴多内正在辩论是否可能制定一项门规，规范侦探和助手的关系。

林克指出：

"我们活在一个由科学主导的年代。每样东西都有其系统，连我们本身也不例外。十二神探，应该像科学协会或是学院一样有组织有纪律。我们犯不着继续把自己搞得神秘兮兮的，像圣殿骑士一样。"

"我经验丰富，我不认为每件事都能解释。真相不见得有解释。我认为我们就像圣殿骑士，最终都将消失瓦解。"巴多内忽然转向诺瓦利乌斯的助手发问，语气充满嘲讽。"您的意见呢？我们当真要设立门规？"

那个苏族印第安人没答腔。他正在清洁刀子，那是支刀面宽大的长柄武器。他连抬起头瞧一眼都没有。

巴多内注意到我出现了：

"这个唯一的幸运儿，才刚来就有案子可以处理。我们则……"

我谦虚答道：

"其他的侦探也会加入调查，不是只有阿萨奇一个。"

"但是这是个异地城市。他们没有眼线，而且用外语沟通很吃力。阿萨奇的胜算高出许多。我觉得，比起侦办案子，所有的侦探宁愿继续讨论犯罪调查的技巧。在这同时，凶手依然逍遥法外。"

我不想给人优越的错觉，所以我待了一会儿，跟他们在一起，恍若跟大家一样晾在那儿没事干。我由衷希望阿萨奇要是派任务给我，能尽量别张扬，这样一来，就不会有人注意。而正当我快说服大伙相信阿萨奇只是挑我处理一点儿文书工作，一个像是军人般高壮的信差闯进大厅，用刺耳的嗓音询问我的名字。他送来阿萨奇的信笺，上面写着我得陪他上达朋夫人家一趟。

"是命令吗？"巴多内问。我点点头，不想透露半个字。他继续说道：“我们呐，只能继续无所事事。有个苏族印第安人让我们的等待不那么无聊，可真是幸运啊……”

我没多说什么，在众人嫉妒的目光中离开大厅，前往努曼西亚旅馆去找阿萨奇。而他已经在大门口等着我。

“你有没有护身符？达朋是讨厌我没错，不过比起他老婆，根本是小巫见大巫。那个老巫婆要是端什么饮料，千万别喝，连薄荷糖都千万别碰。”

我们从旅馆搭乘马车直抵一间黄色的屋子。女管家让我们在前厅等候，这里挂满盔甲、盾牌和剑，屋子的主人显然希望活在辉煌的过去里；达朋已经赢得侦探的美名，不过或许他在梦里，并不是想象自己解决了世纪奇案，而是重建耶稣的圣墓。我从经验知道，人往往并非是自己想要的模样：大家都梦想着另外一种全然不同的东西，一种我们真实的生活里不想破坏的理想形象。乐队指挥希望是个徜徉海洋的游泳好手，著名的画家想当个击剑大师，以悲剧闻名的作家宁愿为目不识丁的冒险家。命运，是错误堆积出来的；荣耀，则从遗憾中诞生。

这栋屋子有许多房间，达朋在这儿将三个女儿抚养长大。屋子里有钢琴、笨重的家具，保存了好几代物品的上锁房间，处处可见过去、历史和传统的踪影。阿萨奇则相反，他单身，住在努曼西亚旅馆，一无所有。他的时间全都投入在犯罪调查上。他就

像个前脚才到、后脚便要离开的异乡人。

"我是波兰人。这个身份代表什么，我就是什么。"谭纳在描述主子的冒险故事时，曾提过这句话，阿萨奇也在真实生活当中重复讲过。我对亲耳听到这句不知读过多少遍的话而感动不已，这是他夸张行径的开场白。

这间屋子看起来很冷清，可是一尘不染，可见花了不少工夫打扫。我听见远处传来一扇门用力打开再关上的声音，接着是其他较近一点儿的门，最后达朋夫人出现，走向我们。她的外表就像个守寡许久的妇人，已经从讶异和痛苦当中恢复。她没看我，直接走向了阿萨奇，那坚决的模样仿佛准备要取他性命。我真怕她那身紫色洋装的衣袖下藏了一把短剑。阿萨奇平静地望着她，犹如打量着关在笼子内的一头危险野兽。

"阿萨奇，我先生恨您。"她像打招呼似的开口说道。

"您的先生恨每个人。"

"不过您是他最痛恨的那个。您上门来，难不成是打算表示哀悼？"

"我想调查达朋先生的死因。他的助手阿瑟·涅斯卡告诉我，文件在您的手里。我想知道他在最后一起调查中，追踪了哪些线索。"

跟这位怒气冲冲的夫人讲话，任何一个人都会用委婉的口气，但阿萨奇的语气却充满高傲。我心想，我们就要被扫地出门了。

可是，夫人回答：

"一起到我先生楼上的书房来吧。"

"一起"这个字眼，可以代表我们三个人，真奇妙。

路易·达朋的书房，跟我记忆中奎格书房里的堆积如山和杂乱无章截然不同。四面墙壁都是会计师事务所使用的那种金属文件柜，一张长桌上放置显微镜、放大镜，还有五盏彩色玻璃的青铜灯，或许是拿来探测血迹或毒药的工具吧。其中一个角落有台照相机，正对窗户的墙壁有座塞满书籍的书架，架上是法医学丛书、字典，以及一本维多克回忆录。还有一幅闻名天下的巴黎警长的肖像油画。达朋的书房就是间办公室，阅览室，以及实验室。

"有时，我会觉得我先生是刚出门，马上就会回来。"夫人说。

阿萨奇夸张地叹了口气。因为紧张的缘故，我差点儿扑哧笑了出来。

书桌上有个邮寄用的纸箱，上面注明"艾菲尔事件"。

"我可以带走那个箱子吗？"

"我知道您会上门，所以已经帮您准备好箱子了。"

阿萨奇伸出双手握住夫人的一只手，后者立刻抽回。他不知怎么回应，于是对她说：

"坦白说，我以为您会要我别插手这件命案，并找其他侦探

来解决，或者找上巴西丹警长，他跟您的先生交情不错。现在看来，您对真相的探求看得比昔日的针锋相对还重。"

夫人忽然间笑了出来，让阿萨奇不禁吓了一跳，因为他发现自己不知道怎么应对这个状况。

"昔日的针锋相对，并没有随着我先生过世而消失，相反却加深了。先前，我是跟着先生恨您；现在，我先生因为您而丧命，所以我自己恨起您来了。"

"我没有逼达朋先生大半夜爬上铁塔。"

"但要不是他恨您，现在还活着吧。他爬上铁塔，脑子想的全是您；是您让他有勇气在大半夜爬上铁塔，尽管他的腿有毛病，还有心肺功能也不佳。他爬上铁塔，嘴里叨念着您的名字，他的眼里容不下其他敌人，所以疏忽了。"

"既然这样，为什么要把他的文件给我？"

"因为我要您找出凶手。我要凶手坐立难安。我要他听见您的脚步声，害怕得发抖，然后采取行动。如果他能除掉我的先生，您也会是他的瓮中鳖。"

4

阿萨奇的住所在努曼西亚旅馆的最后一层楼,计月包租。他将前厅用来当办公室,在这儿接待客户,存放文件,如果有人进来,免不了会踩到地板上到处堆置的文件:有法医报告、尚未支付的账单、迟迟未回复的信件、女人的信函。这些纸张仿佛有了自己的生命,也占据了书桌的抽屉,甚至桌面,盖住了枪械、装死昆虫的瓶罐、不知道是多久以前发生的凶杀案里的染血手帕、一只变成木乃伊的干枯的手、剧院门票、船票,还有热气球之旅的票。

"读文件对我来说太无聊了。就由你负责读读达朋的文件,找出里面的线索吧。请照实汇整数据,别更改任何东西。"

"我会尽力。不过您也知道我的经验……"

"所谓的经验是骗人的:经验只是告诉我们,手上进行的事,以前曾经做过。就是这样而已。而不论做哪件事,其实都得像第一次做一样。"

阿萨奇走了,留下我跟文件单独奋战。他说他得去巡察十二神探的展览进行得如何。真是荒谬!命案调查到一半,居然还心系丢在积满灰尘的玻璃橱窗内的手杖和放大镜。不过,他们这些

侦探就跟艺术家没两样。不论是演员、音乐家、歌手，还是作家，一旦他们开始扮演自己的角色，每分每秒所做的一切，都是为了让人想起他们过去的某样事迹。对艺术家或对侦探来说，人生就是不停地追求自我的传奇。

起初，我怕达朋夫人会骗我们，她亲自收集的数据或许会导致我们追查错误的线索，陷入真正的危险。但事实并非如此。文件上记载了达朋井然有序的工作。其中的工作日志上，老侦探写明了调查的进度。他一次进行好几个案子，不过花最多时间调查艾菲尔案。

调查从七个月前展开。铁塔打从建造之初，就遭遇许多反对声浪，抨击它会破坏城市的美观。起先反对者并没有威胁性，他们只是不愿意看到铁铸的建筑和其他古色古香的宫殿并立。昔日战士遗孀联盟、城市历史学者，以及捍卫博物馆和纪念碑的人，都挞伐过艾菲尔。随后，一个激进派团体也加入了这场战争，原本的匿名信攻击转为恐吓威胁，接着变成进一步行动：一朵刺上涂了毒液的玫瑰，被装在盒子里，寄给工程师艾菲尔；一尊迷你自由女神像，里面放置了未引爆的炸弹。最离奇的行动，当属毒杀飞来铁塔的鸽子，数以百计的鸽子全死在塔上，瘫痪了升降梯的引擎，惊动完全没料到意外的工人。

路易·达朋认为，这一连串攻击行动的始作俑者是某个知识分子团体，他称之为"秘密天主教派"。大量的跟监资料全都指向一位名叫葛利亚雷的家伙，达朋认为他创立了某个玫瑰十字会。

"葛利亚雷热衷追求各种奥秘，范围从占星术到巫术，从炼金术到玫瑰十字会。他和多数同道一样，比起神秘宗教的真正仪式，更沉迷于争夺领导职位和注重入会仪式。这些人总是活在互相猜疑当中，一项教条才实行不久，相左的意见以及指其为邪说的说法便随即而来；之后相左的意见后来也变成教条，但新的邪说之论又再出现。葛利亚雷是这一串过程中的灵魂人物，这种不停的变动，是希望创造出每件事背后都大有玄机的感觉。"达朋将葛利亚雷列为头号嫌疑犯。他的文件里提到两个可能的共犯：作家伊瑟跟画家巴德里。

当我一头栽进文件里，想搞清楚这个神秘的团体时，门口传来敲门声。我打开门，看见一个高挑的黑发女子。她的身上有股混合的香水味，味道会慢慢地改变，仿佛一连串复杂的物理过程，沉睡的物质在光线的刺激或者随着时间的流逝，忽然苏醒过来。看到我，她吓了一跳。

"阿萨奇先生呢？"

"出去了。"

"您是？"

"我是他的助手。"

"我不知道他找到助手了。我以为他永远不会找人取代谭纳的位置。他有没有留什么话给我？"

"没有。请留下您的芳名，我会告诉他您来过这里。"

"我是芭珞玛·雷斯卡，不过您可以跟大家一样，叫我美人鱼。这是我的艺名。"

"艺名？难道您是演员？"

"我是演员，也是舞伶。您有没有听说过'夜之芭蕾'？"

"我刚到巴黎没多久。"

"您得趁着刚到巴黎，口袋里还有些钱，去体验一些事。否则等到后来口袋空空，就只能装体面。我们要演出一出叫《冰山行》的戏。阿萨奇已经看过排演。如果您才刚到这里，我保证您绝对没看过这样的作品。您是不是怕冷？"

"没错，可现在是春天。"

"我在演出中会全身脱光泡在冰湖里。或许这样会让您觉得一股冷意窜遍全身吧！您想您能忍受吗？"

我瞥了一眼女子赤裸的双臂。她身上的胸衣有些过紧，虽然是穿在她身上，却让我有种喘不过气的感觉。

"阿萨奇没告诉我他喜欢芭蕾。"

"他不是专门为了看芭蕾而来。"

我在纸上记下：美人鱼。我费了好大的劲儿才按捺住情绪，一个字接着另一个字地写下来，没全都挤在一块。她说她在西班牙出生，所以取了个西班牙味儿的名字——"芭珞玛"；可是，她的父母是波兰籍演员，她是在一次巡回演出的途中出生的。她认为自己是个波兰人。

"跟阿萨奇一样像波兰人吗？"

"比他还像。我记得故乡，每年会回瓦索维亚两次，他则不会。他想当个好法国人，连家乡菜都不碰了。这不打紧，在他的敌人眼中，他依然是个该死的心怀不轨的波兰人，或者就是个该死的波兰人吧，身旁亲近的人都这么叫他。既然您在工作，那么我就不打扰了……"

"不用担心。只是处理文书而已……"

我不知道她是不是听到了我的话。但女子已经不见踪影，好似只是我的幻想。刚才的香水味，慢慢地消失了。最后，只剩下我一个人，以及剪报和发黄卷宗的味道。

5

阿萨奇回来之后，我告诉他那个芭蕾女舞伶来过。

"所以你已经认识美人鱼了。她是巴黎最美妙的东西，你觉得她如何？"

"她告诉我有关芭蕾的事。"

"她总是痴迷新的东西。你应该去看看她泡在冰水里的模样。我可不知道他们打哪儿弄来那些冰块的，有时里面还有冰冻的鱼。她这种女人，会让男人发疯。"

"您也会吗？"

"我？不会。我就像她泡的那湖冰水。你有没有在达朋的文件里，找到什么线索？"

我告诉他关于葛利亚雷、伊瑟，以及巴德里的事。

"达朋总喜欢追逐错误的线索。他都查容易找到的东西，而不是表面下的线索。你有没有听过一个醉汉晚回家的笑话？他烂醉如泥，所以没办法把钥匙插进钥匙孔里，最后钥匙掉到地上。几公尺外的地方，有盏路灯，于是醉汉便到那儿去找他的钥匙。他老婆听到他窸窸窣窣的声音，从窗户探出身子问他：是不是钥匙又掉了？醉汉回答：是。她接着问：那你在路灯那里找个什么劲？为什么不在门边找？醉汉回答：因为那边没有灯光。这则笑话，是达朋职业生涯的写照——他一直离不开路灯。或许，电灯的亮光能让他工作更顺利吧。"

禁不起我的再三坚持，最后阿萨奇答应去拜访伊瑟。

"要是这样能让你高兴的话，我们就走吧。我看我们的角色到最后会调换，我变成对你百依百顺的跟班。谭纳多么忠心哪，总照单全收我的每个意见！他相信我不会出错，他喜欢装糊涂，让我有机会纠正。"

"错误能指向事实。"

"错误只会指向错误，事实才能指向真相。"

我们搭车到伊瑟的住处，一座位于市郊的阴森城堡。那里有两三栋不搭调的建筑物，仿佛是在不同年代建造的，或者是在同一个动荡不安的年代建造的。全都是仿中世纪风格的失败之作。

"你自己去敲门吧。说服我相信里面有什么有趣的东西。"

一名家仆开门让我们进去。他是高个子，秃头，五官有东方特征。他走路时眼睛闭着，仿佛在梦游。我们进入一间像是修道院的那种宽阔大厅，里面几乎空无一物，只剩旧时物品曾经存在过的痕迹，让人想象那些消失的图画、不见踪影的地毯，和搬到他处的家具。雕像已经移走，不过还剩下基座。我们坐在那种类

似教堂里的硬邦邦的椅子上。

"这里的东西都拆掉了。"我说，"难道伊瑟死了？不可能，那个仆人没这样告诉我们。"

"一直到几年以前，仆人都还被禁止通知像这样的消息。如果主人过世，有人上门拜访，他们就会让访客在客厅里等待，然后在附近放个通知，或许是报纸或是讣闻之类的，告知他发生的不幸。要是访客没注意到那些纸张，就会一直等下去。我记得有个伯爵等太久，竟愤怒地向死者下决斗帖；当然，那场决斗最后不了了之。"

一抹干咳的声音在几步外的距离响起。

"两位误会了，住在这座陵寝的人还活着。"

伊瑟穿着黄色的破袍子出现在我们的面前。他戴着一副圆眼镜，满脸灰色胡须。他的脖子上有条夸张的黄金十字架。

"请坐。我也会坐下来。"

我们三个沉默了几秒，因为椅子是长排的，朝着同样的方向，所以状况看起来真的有点儿可笑，三人仿佛等待火车的旅客。这沉默是故意的吗？这是阿萨奇的策略，或是他不好意思，还是心不在焉？我咳了咳，知道自己是唯一对沉默感到不自在的人。他们因着不同的理由，都习惯让别人不自在。

最后，阿萨奇解释我们要找的东西，接着问他是否认识摔下铁塔的男子。

"认识。达朋来过这里。一开始，他问我年轻时的一些故事。没错，我们成立社团和教派，跟国外订书，我们每个人都拥有收藏禁书的书房。但是，现在那些书我只用来冬天取暖用。但不是所有的书都能有这种功用，有些书籍的皮革封面会烧出浓烟。"

"您的团体里有哪些成员？"

"名字没有意义。大家都用假名。照规定，假名得听起来有炼金术或埃及的味道。我们的人数很多，成员来来去去，各自建立新的教堂……对他们大部分的人来说，我代表了堕落。他们把我的罪恶归咎给恶魔；要是有个注册坏习惯的著作权公署，我大概会注册我的，以免大家把我发明的堕落，推给恶魔。"

伊瑟站了起来，指着一大幅图画在墙上留下的痕迹。

"看到这幅画了没？画中的人是我的父母。我从他们那里继承了一笔财产，一辈子都没工作过。我毕生的心血都花在研究和收藏上面。我从国外买来异国鸟禽，不是放生就是拿来献祭。我打造了一个大型的八音盒，雇用一名盲人女孩为我跳舞，一直重复同样的机械化动作。她不着一缕地跳舞，浑然不知有多少双眼睛盯着她不放。我会邀请朋友们聚会，有时选在昏暗的地点，让他们闻到香水味，喝饮料，品尝食物，却不知道自己身在何处。当灯一打开，惊喜就在眼前等着他们。我病了，无法忍受真实世界的人生，我在角落里寻觅着人生尚存的惊奇和巧妙。而今我已

经放弃这一切，现在，我铆足全力建造真相的教堂。"

"为什么会有这种转变？"

"三年前，我雇用一个叫辛巴的男孩当家仆。"他指着墙壁上另一处曾经挂着小幅图画的痕迹。"我亲自替他画肖像。他的五官看起来有异国血统，辛巴是他在一家马戏团演出时用的艺名。我让他继续用这个名字，并没有特别在意。他皮肤黝黑，个性沉默寡言，但每场游戏他都会作弊，因此吸引了我的注意。有个异想天开的念头浮上我的脑海，我想要将他打造成绅士，因为我感觉到在他粗野的外表下，藏个一个神祇，如同蕴藏在大理石里的一尊雕像。我雇用老师教他数学、拉丁文以及法文文学作品，特别是波斯维特（Bossuet）的悼词。很快地，他学会西洋剑，我还带他上博物馆以及教堂。与此同时，他也帮我管理这座处处充满杂乱、惊奇和厄运的城堡。要他踏进我的自然科学厅不容易，那里面存放着我的鸟类标本、乌龟，还有几座养着从巴西买来的鱼种的水池。这些鱼会吃掉所有掉进水里的东西，辛巴光是看到它们的鱼鳍划过水面的样子，就吓得直发抖。

"不知道是我不够关心他，还是他发生了什么事，或许，他怀念从前的生活吧，因为有一天他逃了。我的心情跌到谷底，感觉自己的杰出作品彻底毁了。我的好仆人乔瑟夫，也就是二位刚看到的那个人，对他的失踪窃喜不已。我想过要是找到他就杀了他，我也想过自杀，我想过放一把火烧了这间城堡……幸运的是，除了收藏这件事，我不是那种说到做到的人，所以我再次埋首研究，沉浸在黄昏景色以及忧伤当中。

"有一天我听说市场上来了一只双头羊，立刻出门打算买回来。但是半路上遇到一件事让我分心：我在一群人中，发现辛巴为了赚几个铜板在表演杂耍。他拿来表演杂耍的东西，是从我的收藏中偷走的猴子头颅。我压下又喜又气的情绪，不假思索地抱住他。为了让他回来，我答应了很夸张的要求，我从来没对人做出过那样的承诺，连对自己也不曾如此。回家后没多久，我就发现他的法文已生疏，举止再也不若从前；他的眼神又开始不安分，隐藏不住虚伪和欺瞒。我在他的眼里发现自己不过是一个疯老头，任凭他榨完钱之后再逃跑。我怕他再次人间蒸发，于是要乔瑟夫将他锁在自然厅里面。那里没有窗户，只有一扇门，插翅也难飞。辛巴跪着哀求我别将他关在里面，但是他声声哀求的用词太过粗俗，反倒提醒了我，他傻乎乎地逃跑，让我精心打造的作品毁于一旦。

"后来，他摔进了水池，我一直都不知道他是滑倒还是自己跳进去的。我听到大半夜里传来的短促惨叫声，那是我有生以来听过最真实的惨叫声。我们所使用的语言，不过是用来掩饰这种唯一属于我们的叫声。染成红色的血水咕噜咕噜地搅动着，像沸

水那样冒着泡泡。我呆站在那儿，双脚动弹不得，看着大自然的残酷面，而那一面，就跟我的病一样丑恶。当水面平静下来后，我觉得自己被掏空了，我人生最得意的实验已经落幕。接下来十天，我都没踏出房门一步。我砸碎香水瓶，将所有买来的酒一饮而尽，嗑光我的麻药。于是，我把我的所有收藏，每样仔细分类过的玩意儿，我把所有东西都锁在这间城堡的地窖里。连皇帝收藏的稀世珍品都比不上我藏在城堡底下的东西啊！我曾经拥有过所有最完美的实验，再继续追求已经失去意义。我也清空了可恨的水池。现在的我已经转而投身不同的乐趣。"

"犯罪的乐趣？"

"不是，路易·达朋根本不是我的敌人。他以为我是铁塔之敌。我怎么可能和一个对我而言到底存在与否都是个问号的东西为敌？那座铁塔哪比得上我在梦里目睹过的血腥之塔？达朋不懂。我们不是那种说到做到的人。我们只是一群旁观者；我们不会行动，是一群无用的废物，我们在书本上读过的知识，到了应用的时刻却都消失无踪。或许我们之间真有个凶手吧。最好让葛利亚雷来解释，他有滔滔雄辩之口。好吧，阿萨奇，您也认识他呀。"

当我跟阿萨奇报告我读过的达朋办案资料时，我提过葛利亚雷，但是他当时没说认识这个人。

"我已经好一段时间没见过他了。葛利亚雷人现在在哪儿？"

"我不知道他住哪里，不过他应该离不开朵里拿的书店，那是所有禁书的集散地。巴黎到处都是随时会互相残杀的教派，可是朵里拿的书店是一视同仁的一片净土、中立的地点，在这里，敌人只止于像在梦里那样彼此盯着对方瞧。我想念葛利亚雷。我会跟他一起在夜间散步，他带我认识了这个城市的邪恶，我也付出了代价。现在，我想看的是别种东西。我偶尔会出远门，参观远地的地下墓穴，我在拿波里看过一间完全用人骨盖成的教堂。我也到本地去看神迹，一间小教堂内有具永不腐坏的尸体；而远一点儿的另一间教堂，则有具尸体在我的眼前瞬间崩坏。这些是近来我空闲时的娱乐。我想象着死亡的滋味，因为辛巴过世之后，我再也不配拥有其他娱乐。我已经都全部放弃。"

"那么，难道您不想连家仆都遣退？更彻底悔悟？"

"遣散乔瑟夫？拜托，才不会。阿萨奇先生，或许我疯了，但是可没疯到过着没有家仆伺候的日子。更何况他是为我活着。失眠的夜晚，他会为我巨细靡遗地叙述辛巴掉进水里的那种骇人搅动，跟我形容辛巴的脸孔如何被恐惧占据。他用这几秒惊恐的画面帮我打发时间。少了这个故事，我该怎么活下去呀？"

6

达朋遭杀害后第六天，涅卡太太旅馆的大厅里，已经不见助手们无所事事的等待踪影，椅子空荡荡，就连苏族印第安人也有任务出门去了。

"什么他们上哪儿去了？我怎么知道他们去哪里！"旅馆老板娘回答我。"那些野人终于空出大厅了。如果我先生还活着，绝不可能容忍一个红皮肤的印第安人住在我们旅馆。"

大伙这样作鸟兽散，让我不禁担心起来。他们在大厅枯等的时候，我觉得自己接到一个案子，备感优越；可是当大家分头散在这座城市的不同角落，我怎么可能不去想其他人找到了真的线索，自己则还在雾里摸索？

阿萨奇对我们握有的线索也没把握，所以他派我一个人去找葛利亚雷跟巴德里。

"《线索》杂志的总编葛利马跟他们很熟，他曾在好几期杂志上登过他们的故事。去问他哪里可以找到这两个家伙。"

我抗议道：

"您只要视线一扫，就能让嫌疑犯开口说真话。但我是个外国人，是个生手，一个微不足道的助手……"

他露出轻蔑的表情，挡下我的辩驳：

"你是侦探的学徒，鞋匠之子。别在那里假惺惺了，你就随便掰个借口，让葛利亚雷分心就对了。"

"我看自己恍神要比诱使别人分心容易多了。就算我办到了，就算让葛利亚雷的注意力转移到飞舞的苍蝇上，接下来又该怎么做？"

"该怎么做？当然是在衣服或手套堆里，找出沾过油渍的鞋子。"

"如果葛利亚雷当真是凶手，他早就处理掉鞋子了。"

"你真是个生性浪费的阿根廷人；一个法国良民是不会丢掉鞋子的，就算会上断头台，都要留下来。"

阿迪雍·葛利马的出版社坐落于犹太小区一栋建筑物的二楼，楼下是一间布店。我进门的时候，葛利马正在喝汤，一看到我，他就赶紧把大本的蓝色记账簿藏起来。说真的，这个编辑应该要分一定比例的利润给十二神探才对，但是他声称最后几期的杂志亏损。那天稍晚，我告诉阿萨奇，他们这群世界上最精明的男人，光靠一根头发或是一个烟屁股就能找出凶嫌，居然任由那个戴着眼镜的矮小男子敲诈，而且对方毫不掩饰自己的强盗行径，我实在感到不解。他则回答我：

"有一则有名的寓言：希腊哲学家泰勒斯（Thales）在乡间漫步，当他正仰望着满天繁星时，摔进了一口井里。他身边的色雷斯女奴笑了出来，问他：像您这样聪明绝顶，对遥远的星星认识那么透彻的男人，怎么会没注意到眼前的一口井呢？嗯，我们这些侦探就是仰望夜空群星，摔进井里的十二个男人。"

此刻葛利马已藏妥账簿，不慌不忙地喝完洋葱肉汤。

"阿萨奇不会直接跟我对话的，我要您带走几本《线索》杂志，并提醒您，转述阿萨奇调查故事时，要做笔记。请您务必采用谭纳的风格。"

"我没经验，不知道从何讲起阿萨奇的冒险故事，更何况我不会写法文。我只是临时充当助手，直到阿萨奇找到确定的人选为止。"

"萨瓦迪欧先生，我们有哪个人不是临时的？然后伺机等待扶正的机会出现。"

我向编辑问起葛利亚雷和巴德里两个人，他则反问：

"阿萨奇是不是在追踪什么神秘教派的线索？"

"出乎您意料？"

"没有。我知道路易·达朋在调查铁塔之敌。那些神秘主义分子效法侦探，调查着世界和人类之间的牵动。不过侦探是在角落里、抽屉底、地板间搜寻线索，神秘主义分子却不一样：他们在巨大的东西、纪念碑、金字塔或城市的形状当中翻找。他们从硕大的东西和自己人生的不幸当中找关联性。侦探从角落走出来面对世界；神秘主义分子则从世界钻进角落。所以，这就是铁塔为什么深深印在他们的脑海里。在其他人眼里，铁塔只有美丑之分，或是注意到它的铁条、高度，但是他们看到的是征兆。"

"我以为他们只对历史纪念碑感兴趣。我以为艾菲尔的铁塔不会引起他们的注意……"

"其实，艾菲尔的铁塔，并非是艾菲尔的：那是他的助理柯什兰（Maurice Koechlin）的铁塔，柯什兰花了好久的时间才说服艾菲尔加入这个计划。柯什兰跟艾菲尔一样是工程师，是他第一个画出草图、设计，然后建骨架。现在大家开口闭口都是艾菲尔，但是几年内，您会看到这座建筑物被称为柯什兰铁塔。要不要打赌？这位工程师是瑞士人，可能因为这样，他凡事喜欢低调。原本他打算投身医学，在苏黎世攻读解剖学，所以他设计的铁塔外表让人想起股骨的纤维组织，股骨轻盈又强韧，是人体最长的一块骨头。然而，股骨也是毕达哥拉斯最感兴趣的一块骨头，他发现这块骨头和音乐之间的关联，所以，这块骨头跟宇宙隐藏的算数也有关。神秘主义分子相信柯什兰是背叛这个秘密的毕达哥拉斯学派成员。塔，向来是世界中心的象征，在这些神秘主义分子眼里，这座铁塔是伪造的中心，一定要揭穿它的真面目。此外，他们近来跟

教会关系密切，一点儿也不喜欢塔的高度超越了圣彼得大教堂。但是他们不可能采取暴力行动，阿萨奇若是追着他们查线索，就搞错方向了。我很清楚这群人，好几期杂志都登过关于他们的报道。到第二期为止一切还好，之后相左的意见便纷纷出笼。这种人既想被报道，又想保守秘密，帮他们做专题实在不容易。"

葛利马喝完最后一滴汤，将盘子压在一旁第一页登有卡勒·劳森名字的几张纸上。他竟然这么对待十二神探的刊物，对我来说简直是一种亵渎。

"总之，我想知道葛利亚雷和巴德里的下落。"

"没问题。阿萨奇的行动越积极，您就可以帮我写越多页的故事，对吧？"我摇摇头否认，不过他根本不理我。"阿萨奇的冒险故事是众家侦探里最杂乱无章的，但却是我们读者的最爱，天知道为什么。谭纳能挖出阿萨奇最精彩的故事。在他的冒险故事里，总有一个时间点，阿萨奇摸不着头绪，差点儿承认自己的失败；有时他甚至会失踪两三天，而谭纳那只专业的生花妙笔，会写下他失踪的细节。谭纳会描述他在努曼西亚旅馆顶楼白费工夫的研究，他没打开的邮件，积满灰尘的办公桌。接着，阿萨奇逆转胜，事情很快解决。"

葛利马伸出手，拿了几本过期的《线索》杂志给我。处理掉几本杂志，显然让他松了一口气。

"这供您参考，熟悉一下谭纳的笔法。"

"多谢了。我很愿意收下，不过我对阿萨奇的案子已经了如指掌。"

"您知道？喔，当然啰，有《犯罪线索》杂志。"葛利马念出那本杂志的名字，语气满是轻蔑。他瞄了一眼墙上的时钟，从椅子上一跃而起。"很抱歉，我得去印刷厂一趟。至于您调查的那两位神秘主义分子，不好意思帮不上什么忙。葛利亚雷因为他的《催眠师报》而无端卷入命案后，就移居意大利了。"

"他被卷入犯罪调查？"

"没错，阿萨奇是调查该案的侦探。他没告诉您？问问他吧，或者翻翻《线索》杂志第四十五期的案子，就在我刚刚给您的杂志里。绿色封面那本。如同我说的，葛利亚雷在罗马住了一段时间。他在那儿和一位将军的遗孀交往，并因为某个不清楚的原因，获得了大笔的金钱赞助。我相信他的借口是要出版法柏·欧利维①的全套作品。拿到钱后，他回到巴黎，但从那时候开始，他很少出现在公共场合。当然，他连一本小书都没出版。我不知道他现在住在哪里，但是要认出他不难：他少了右边的耳朵，那是在一次如

---

① 译注：Antoine Faberd' Oliver, 1767-1825, 法国作家、诗人及作曲家。他研究圣经、哲学的注解作品影响许多神秘主义学者。

今已经解散的巴黎毕达哥拉斯社团的争吵中失去的。至于巴德里，三个月前不幸过世了。"

"自然死亡？"

"对一个性情阴郁的人来说，算是自然死亡没错。他中毒了。近年来，他一直尝试着把炼金术的知识运用在图画上，经常使用水银的结果，让他最后中毒并发疯。三年前，他答应给秋季沙龙一幅用前所未有的新颜色创作的画作。他想要先制造话题，于是便在葛利亚雷的杂志《精神世界》上刊登一篇文章，抨击歌德和狄德罗（Diderot）的色彩学，公布自己发明的新颜色名字，还包准看官喜欢。新颜色的名字融合拉丁文、礼拜仪式、炼金术，甚至是巫术，想要颠覆大众的感官，让他们超越图画题材的束缚。他说，图画本身就是一则奥秘的信息，要传达某样东西，不过，真正的意义蕴含在颜色里。一长串东聊西扯、宣传以及最后的唉声叹气之后，他终于开始介绍图画，指出其所用的数十种新颜色：例如地狱宝石黄、幼虫乳黄、曼德拉草绿，沉默蓝。然而，我们这些观众只看到无以名之也毫无意义的灰色和黑色，画布大部分的地方都是空白的，根本没有上色。这是巴德里的最后一幅作品。"

我跟葛利马走下楼梯，然后在门口道别。

7

巴德里死了，那么只剩葛利亚雷。朵里拿的书店，跟所有巴黎的东西一样藏身暗处，如果没有写下住址，就算从门前经过也不会发现。书店有间前厅，偌大的桌子上堆放着历史书籍、无害的新闻报刊、印有军服图片的厚书、解剖学手册。但是这些都只是朵里拿先生拿来掩人耳目的书本，让他可以暗地执行自己在这个世界上的任务。只有经过挑选的客人，可以走下几段楼梯到达书店的底部，在一个磨损不堪的天鹅绒布后面，找到书店的真面目。

当我进门时，店里还有两个人：一位高个子女士，打扮有如淑女，手上戴着蛇型的戒指，另一位肤色发青的男士，则让我印象深刻。除了肤色外，他看起来身强体壮。蓄着灰色胡子的书店老板，正专心检视刚刚才用大箱子送到的一批二手书。那位女士假装对一本字典感兴趣，但很快就放下，然后点点头对老板示意。老板也点点头表示答应，随后她的身影就消失在红色的布帘之后。过了几分钟，那位肤色发青的男士先是佯装对历史学者米薛雷（Michelet）的一本厚书《人类圣经》（La Bible de l'humanité）颇感兴趣，接着同样也对老板示意并得到他的颔首。等到男士的身影消失在

布帘后面，我完美地模仿他刚刚那种认真的动作。当我正要穿过隐藏秘密的布帘时，老板拦下我。

"请问您是哪位？要上哪儿去？"

我握紧那只拦下我或者说是指责我的手，并自我介绍：

"您是朵里拿先生吗？我的名字对您没有意义。我是阿萨奇先生的助手。"

"您的名字的确对我没意义，不过阿萨奇这个名字却意义深远。阿萨奇是这里每一样东西的敌人。"

我靠近他的耳朵。

"阿萨奇先生正深陷信心危机。他开始涉猎神秘主义的书籍，来者不拒，全部囫囵吞枣：炼金术、唯灵论、黑魔术。他混用蒸馏器和水晶球，硫磺和海地巫毒娃娃。我怕他会把自己搞得一团乱，最后……"这时，那位肤色发青的男士双手空空离开书店。他在所谓的禁书区只不过待了一分钟。

"可怜的塞达克一直不死心。他来这里看一本书的封面过干瘾，那是我店里最贵的一本书，他只要确定书还在就走了。他看起来气色虽差，倒是比肤色尚白时健康多了。因为某些相似的原因，我们失去很多顾客。客人最后不是被关在收容所里，就是像空气一样消失。幸运没被炸死的，就中了硫磺的毒。自杀正流行啊！老实告诉您，最近我把一批比较危险的书籍收起来，以免本店最后因为没有顾客而倒闭。至于阿萨奇，我也无能为力。我想您的主子已经有他需要的书了。"

"人不可能拥有刚好所需的书：不是过多，就是太少。所以我想找葛利亚雷先生。我相信他能帮我让阿萨奇回来专心办案。"

"为什么您要阿萨奇回到他的案子上？"

"难道您要他们责怪马丁教徒让伟大的巴黎侦探发疯，还是那些玫瑰十字教徒？您也是吧？您自己用店里的书喂养那些容易被影响的心灵。"

"他不是巴黎侦探，达朋才是。"

"达朋曾经是，可是现在头衔已经拱手让人了。他为了调查贵书店的几名客人不幸身亡。"

"别以为我不知道您在讲什么。我经营书店，但是也会读报纸。"

布帘被慢慢掀开，那只戴满戒指的女人的手，比出一个叫人过去的手势。她想知道某本书的价钱，还是在找某本书架上遍寻不着的书？朵里拿想急忙上前招呼她的模样，让我觉得她不是要找书，而是有其他事。就我的观察，精明能干的书店老板招呼客人差不多都是一贯的冷淡态度，他们相信顾客不需要协助，就都能找到心目中的书。如果书店老板特别关注哪位顾客，那绝对和书本无关。

　　朵里拿因为急着要招呼那位女士，便拿了支笔写下我不认识的街道名字：

　　"不久前，我送过几本书到这个住址。葛利亚雷日以继夜埋首在成千纸页里，找寻能解救他的完美摘录。找到后他就会拆毁书籍。他挺信这种事的。"

　　"那您怎么想？"我问，同时把纸收进口袋里。

　　"他跟我一样，身边围绕着危险的书籍，我想，我们唯一的期盼就是忘掉曾读过的、让自己迷失的摘录。"

　　朵里拿消失在藏放禁书的红色布帘后。

8

　　葛利亚雷的屋子里没有任何书，不过他的屋子就是一本书。我后来才知道，那栋建筑物是法瑟尔出版社名下的财产。屋子门窗的设计是以书本封面为灵感。螺旋状的阶梯仿佛藤蔓的纹路般穿越了建筑物，房间老是出现在意想不到之处，像是页尾的注记，而绵延的走廊就像轻率的批注。白色的墙上写满文字，有时是端正精细的笔迹，其他则有如灵光一现后急忙写下的。

我才一敲门，葛利亚雷就请我进去。他是个四十岁左右的男子，身高中等；他的皮肤极为白皙，胡须浓黑，如此大的反差替他的脸添加一种戏剧的效果，仿佛随时都能拆掉胡子，露出真正的长相似的。葛利亚雷的头发留得颇长，好似想要遮盖他缺少的右耳。当他闭上嘴时看来害羞懦弱，可是一旦开口，脸部表情就会转变：他的黄色大板牙藏着某种动物的野性。他身穿一套呢绒材质的蓝色衣服，在这个季节来说太过厚重。他这样穿是有理由的，房里很冷，但不是夏季某些屋子内那种令人愉快的凉爽，而是建筑废弃许久后那种有害健康的阴冷。

"我是代表阿萨奇过来的。"

"我已经知道了。"

"您知道？"

"不用大惊小怪，有人先通知我的，我可没有预知能力。"

"是谁通知的？我没跟其他人讲过。"

"我们大伙儿都相当注意阿萨奇的行动，还有他的线民和替他工作的人。"

葛利亚雷说完这句话，想看看我是否因此觉得被冒犯，然后知难而退。我则假装什么都没听到。他让我进去一间墙壁发黄的客厅，墙上写满黑色的字体；那些字有股邪恶的力量，就像无法控制的恶疾，瞬间腐蚀让墙壁坍方，将屋内的人埋在土堆下。在

这间屋子里睡觉，很难不惧怕那股蔓延的感染力，或在这仿佛书页般的建筑里惊醒过来。

"我既然忍受了一个突如其来的拜访，就能忍受第二个。"葛利亚雷说。

我发现屋子里还有其他人。我花了几秒钟才认出在尽头处一架钢琴旁的葛蕾塔·露巴诺瓦，她像抹幻影一样安安静静。我们俩的眼神交会，混合了那种素不相识的陌生人在聚会中不得已得打声招呼的亲切和冷漠。葛利亚雷并没有替我们互相介绍，就像猜到这两人已经知道对方是谁。

"能在十二神探聚首的时间，成为命案的嫌疑犯，真是我的荣耀。但我发誓，铁塔不在我烦恼的名单内。"

"要是您当真是嫌疑犯，阿萨奇就不会派我过来了。他肯定会亲自登门造访问话。他只在乎要帮达朋的调查结案，证实老侦探追错了所有的线索……"

"那么其中一条线索指向我啰？"

"他的线索指向很多地方，也包括这里。"

葛利亚雷作了个手势，示意我先暂缓调查，然后视线停在女孩的身上：

"您还没说明上门来的目的。我们方才正要开始讲，就听到敲门声。别告诉我，您也是在十二神探麾下工作的人。"

他吐出的这句话，语气充满戏谑，好似在宣称他觉得这是不可能的事。

葛蕾塔靠近他，仿佛要在他的耳边低喃什么不方便让我听到的事情。不过，她却提高嗓门：

"我是代表某个女伯爵前来的，她的名字我不便透露；她要我报告您在墙上写的摘录，因为她相当敬佩您，对您厌恶书籍印象深刻。一个拒绝书本的男人，应该是个圣人。"

"对我来说，名字通常没有意义，不过每当有人刻意隐藏名字，我马上能知道那是谁。请转告您的女伯爵，每本书我只取所需的东西，我可不希望每晚梦里还跟书本的内容纠缠。当我在这栋屋子里游走时，感觉像置身在自己的记忆里，我每天都睡在不同的地方。每本书里一定都会有让人不愉快的字句、跟自己中心思想相悖的想法，污染其他文字的文字，我想要把这些东西全都铲除。通往摘录之路漫漫，无法一蹴而就；但是当一个人终于寻找到他想要的摘录，阅读时的不快，全都不算什么了。"

葛蕾塔问葛利亚雷：

"我可以在屋子里逛逛吗？然后抄下我觉得合适的摘录？我家主人如果能拥有您的一部分宝藏，一定会高兴得不得了。"

葛蕾塔的手脚显然比我快上许多：她已经准备好抢先我一步找到那些沾到黑色油污的靴子和衣物，让卡斯特维堤亚拔得头筹。

可是当葛利亚雷靠近她时，有那么一瞬间，我以为他的大黄板牙准备扑上前去咬她：

"不行，那些摘录只属于我一个人。女伯爵得找到她自己的。我的摘录之所以有意义，是因为那是我自己找出来的；要是离开这里，就一文不值了。"

葛蕾塔信口胡诌的谎言，已经成功抓住葛利亚雷的注意。她不需要再多费唇舌，葛利亚雷的视线便紧紧黏着她不放。葛蕾塔的一袭蓝色洋装衬托出她脖子的白皙，那也是这个房内唯一没有写上文字的白色地方。葛利亚雷的注意力被分散了，正如阿萨奇要求我做的一样，不过在这当下，我没办法去找沾上油污的鞋子。更何况，想到要把这个女孩孤零零一个人丢在这里，一股莫名的醋意顿时在我内心翻腾。我四周的句子吓阻了我的脚步，它们仿佛服从着主人的秘密指令。一架覆盖灰尘的钢琴上面约半公尺的墙面上，写着：

唯有奥秘才能让你信服

《光辉之书》（Sepher Ha-Zohar）

葛利亚雷在这句子旁边，用较小的字体写下：

老者、遭处决之人和鸽子三者合一为上帝之日，将要来临。

艾利佛斯·利瓦伊（Eliphas Lévi）

墙上还有希腊文、拉丁文以及德文的字句。有些句子签署了为人熟知的名字，像是贺德麟（Hölderlin）或诺瓦利斯（Novalis），但是其他一些名字对我来说是全然陌生的：史塔尼洛斯·圭塔（Stanislaus de Guaita）、拉特辛（Laterzin）、吉罗摩·雷克（Guillaume de Leclerc）。合上的钢琴上方有一堆乱七八糟的纸张，我发现其中一张明信片是一个女孩泡在冰里游泳的照片，女孩赤裸的身躯在几块浮冰巧妙地遮掩下若隐若现。当我注意到这个女孩是美人鱼时，便把照片藏进衣服里。当时我不知道自己为什么会这么做，直到现在还是搞不清楚。但当下我马上就后悔了，不过木已成舟。于是我安慰自己，这不过是个表演的宣传广告，而且葛利亚雷不需要这张明信片。

有面墙上涂写了一首聂瓦尔的诗：《不幸的人》（El Desdichado）：

Je suis le Ténébreux, —le Veuf, —l'Inconsolé,

Le Prince d'Aquitaine à la Tour abolie:

Ma seule Étoile est morte, —et mon luth constellé

Porte le Soleil noir de la Mélancolie.

Dans la nuit du Tombeau,Toi qui m'as consolé,

Rends-moi le Pausilippe et la mer d'Italie,

La fleurqui plaisait tant à mon cœur désolé,

Et la treille où le Pampre à la Rose s'allie.

Suis-je Amour ou Phoebus ?… Lusignan ou Biron ?

Mon front est rouge encor du baiser de la reine;

J'ai rêvé dans la Grotte où nage la Sirène…

Et j'ai deux fois vainqueur traversé l'Achéron :

Modulant tour a tour sur la lyre d'Orphée

Les soupirs de la sainte et les cris de la Fée.

　　我对这首诗不算陌生，因为一个中美洲诗人曾在《民族报》的文学版刊过翻译的版本。我依然记得这首十四行诗的第一节。

　　　我个性阴郁，是鳏夫，是伤心的人，
　　　是躲藏在颓圮塔楼里的阿基坦王子，

我唯一的星子已熄灭，而我闪耀星光的诗琴

被忧郁的黑色太阳所笼罩。

或许葛利亚雷已经知道我会赖着不走，因为他丢下女孩一个

人，来到我身边。

"杰哈·聂瓦尔（Gérard de Nerval）在一盏街灯上吊自杀，

就在离这儿不远的老灯笼街。他的所有作品都隐藏着某种信息。

多年以来，我一直在这首诗的字句间寻觅新意以自娱。"

"不知道是否因为我是外国人，我不太了解这首诗的意思。"

"关键在塔罗牌和炼金术里。诗里讲话的人不是作者，而是

炼金术的冥神，代表逆来顺受的大地，也就是转变前的物质。此外，

诗里也提到塔罗牌。第十五张牌代表黑暗王子恶魔，就是诗里的

阿基坦王子。第十六张张牌是颓圮的塔楼。而第十七张牌，是星星。"

我高声朗诵第二节：

黑夜如坟墓幽暗，你给了我安慰，

归还我波西利佩和意大利的海洋，

我枯寂的心曾经那样喜爱花朵，

以及跟玫瑰花交缠的葡萄蔓藤。

“比起前一节，这更让我一头雾水。”我告诉他。

“侦探们会迷失在书写的文字里，我一点儿也不惊讶。这些人能解读不是用笔写下的东西，但是文字却常让他们无所适从。黑夜如坟墓幽暗，黑色太阳跟忧郁要表达的意思是一样的：黑暗，是物质腐烂后的变化。波西利佩是指红色的石头，换句话说是硫磺，炼金术士最喜欢的一种材质。而意大利的海洋指的是水银。事实上，整首诗要讲的是炼金术第二阶段，物质提炼之后的变化。

“这首十四行诗还没完：

我是爱神还是太阳神？……是吕西尼昂还是毕隆？

我的额头还为皇后的吻而红得发烫；

我梦见了人鱼优游的洞穴……

两次成功横渡冥河：

越过奥菲斯的七弦琴声、

圣女的叹息声，以及仙女的呐喊声。

“我不再一一解释每个字蕴藏的秘密，每晚我都会找到新的诠释可能。不过我希望您看看，第一节中被黑暗笼罩的闪耀星光的诗琴，最后变成了奥菲斯光明灿烂的七弦琴。聂瓦尔想要表达的是炼金术过程，但是在倒数第二句，可以看到他真正在乎的是另一种转变——物质的转变，以及他的心血变成一种艺术。奥菲斯就像诗人，赋予炼金术及其奥秘寓意，也像艺术家，深谙如何将文字化为其他密术。而这场文字游戏的效果，跟诗本身的内容一样重要，或者更为重要。聂瓦尔并不需要我们了解其中的秘密，他只想要点出有个无解的秘密。"

我再将诗朗读一遍，然后对葛利亚雷说：

"可是谜语最吸引人的地方，就是有解答。我很喜欢您的解释，虽然不是完全听得懂；我喜欢有谜语就有解答，尽管自己可能解不出来。小时候，当我读到侦探们的辉煌战绩时，我喜欢那种看上去不可能解决的案件，比方说密室凶杀案，最后真相揭晓之时。谜案之所以存在，就只为了等待侦探以强而有力的推理解答的那一刻来临。"

"那是您一厢情愿的讲法：阿萨奇和他的同袍喜欢解谜，但不想透露答案。如果他们不是面对谜案，而是成为谜案的一部分，您不觉得这样会更容易了解案子吗？阿萨奇总是找得到杀人凶手，但却看不到真相。"

"阿萨奇是侦探，是推理者，只相信证据。"

"那您相信证据就能找到真相？证据是真相的敌人！有多少无辜的杀人犯被阿萨奇送上断头台？一桩凶杀案不会让我们有罪，

没有凶杀案，也不会让我们变无辜。"

葛利亚雷拉高嗓门，葛蕾塔吓了一跳，往我靠过来。与此同时，这个神秘主义分子开始在我们身边绕来绕去，让我们俩不得不靠得很近。

"我一直有重听的毛病，直到有人拿屠刀割下我半个耳朵；从那时开始，我就听得一清二楚。"葛利亚雷拨开油腻腻的头发，让我们瞧瞧伤口，那边缘比钢铁的切口还要参差不齐。"听觉变得这么敏锐，我可以听到两位心里在想什么。我知道你们家主子不知道的事情。他们不敢来找我，所以派你们过来。小姐，请问您是替哪一位工作呢？是劳森，还是卡斯特维堤亚？"葛蕾塔脸色惨白，啃咬着嘴唇。"不过啊，你们的主子根本不知道自己做了什么。你们充其量不过是奴仆，根本称不上助手。你们迟早会让主子失败。"

我感觉这句控诉不是针对我，而是对葛蕾塔，所以她开口回答：

"您搞错了。"葛蕾塔说，"而且请不要一副我们俩是同伙的那种口气。我们才刚认识不久，在这里相遇纯粹只是巧合。"

葛利亚雷的羞涩已经消失无踪。他露出遭割断的耳朵，现在那伤口看起来不再显得脆弱，而是个胜利的标志，让他备感骄傲的戳记，一个让他成为应许之人的记号。我的视线紧盯着他的黄色大板牙。

"我搞错？我能认出那些变装者的声音，我能认出伪装的谦虚里那股掩不住的骄傲。两位以为我是嫌犯？你们才是嫌犯！你们自以为是助手、传话者、跟班、影子……现在，请你们离开。你们在这里能找到的，只有阴暗的句子和过时的诗词。"

9

我们迷迷糊糊地离开了他的房子。

"我的演技还不错，要不是你来打岔，葛利亚雷还会继续相信我扯的谎。"

"他在我们进门前，就知道我们的来历了。葛利亚雷假装相信你，只是想看你的脖子而已。"

"我牺牲脖子让葛利亚雷分心，给你机会四处搜寻……为什么你不好好利用机会，一间间搜下去？这样的话，现在我们就有一些……"

"我不想把你一个人丢在那里。我以为他会咬你。"

"我习惯了……"

"习惯有人咬你？"

"习惯扮演这个角色。我接近过许多比葛利亚雷还危险的男人，除了看我脖子还想越雷池一步的男人。现在我们已经没办法再踏进他家。刚才你非但没有找证据，反而欣赏起墙壁……"

"墙壁上写满东西。"

"可是线索不可能在上面，暴露在大家都看得到的地方。"

"在密密麻麻的句子里，可能写着：我杀了达朋。而我们却没有发现。"

"您眼力不错嘛，现在我们却得两手空空离开了。"

我从衣服里掏出那张美人鱼的照片。

"我可不是两手空空离开葛利亚雷的家。"

她双眼圆睁，盯着照片。

"这是照相的技巧。世界上不可能有那么美丽的女人。我相信只要运用镜头跟相机……"

"我见过她。"

"这个模样？"

"穿上衣服的样子。"

"我还是认为不可能那么美。"

她翻过照片，仿佛想确定背面是不是有什么诈术。上面是女人的笔迹，用绿色墨水写着：

我梦见了人鱼优游的洞穴……

"现在有不少让女人看起来像雕像一样完美的技巧。"

"这不是手绘的图片。"

"只有傻瓜才会相信错觉是真实的。"

她把照片还给我，然后气呼呼地离开。但是我把照片给阿萨奇看时，他更生气。

"你怎么敢用我的名义到一间屋子里，然后只拿了一张照片？该被送进牢里的是罪犯，不是我。"

"我以为这可能是个线索。上面的女人字迹或许能指引……"

"那是美人鱼的字迹……对我来说可不是什么秘密。她很久以前就认识葛利亚雷。我早先曾拜托她帮我调查一起案子，只是这样。"

"那起'预言成真案'？"我拿出葛利马给我的杂志。

阿萨奇火冒三丈地瞪了我一眼。

"老案子不关你的事。你的工作是问问题，而且决定要继续追查这条神秘教派的线索的话，就要找出沾油的鞋子。你不该拿走任何东西。我不知道奎格到底传授什么给你，但是助手应该当个观众，不是主角。助手只能袖手旁观，任凭岁月流逝。现在，闭上眼睛。想象人生就像一出戏。想象布幕、乐队、演员。好了吗？

现在，想象自己坐在最后一排！"

我告诉他跟葛利亚雷见面交谈的内容，不过没提到葛蕾塔。阿萨奇没打断我的话，听我从头到尾讲完。我提起墙上的图案、写在墙上的字句，我吟诵聂瓦尔的部分诗句，重复葛利亚雷的解释。可是当我扮演起自许内行的角色，用专家的口气解释三段诗的第二句时，阿萨奇满腔怒火，拿起奎格的手杖，朝地面一敲。

"好啦！"我对他说，"我不念了！小心手杖，可能会射出子弹。"

阿萨奇拿出手帕擦擦额头。

"我受不了诗。"

"或许是因为我的外国腔调吧……"

"你的问题不是外国腔调，而是自认是外国人的心态。整理一下这些东西。把它们分门别类地放在橱窗里，编辑解释每件物品的功能和用途的卡片，然后去大厅看看是不是可以找到我的同行，告诉他们我还没拿到的东西。日本侦探、卡斯特维堤亚、诺瓦利乌斯、巴多内……您有没有卡斯特维堤亚助手的进一步消息？"

我摇摇头否认，不敢直视阿萨奇，仿佛不太注意他的问话似的。阿萨奇发出愤怒的哼声，我以为他又要大发脾气，不过他坐了下来，像斗败的公鸡一样垂头丧气。

"请原谅我气愤难耐。葛利亚雷勾起了我不堪的回忆。"

"难道那起案子没解决？"

"解决了。可是那起案子，或许是今日我们遇到这摸不着头绪情况的开场。"

阿萨奇从我的手里拿走那本杂志，快速地浏览那篇故事，仿佛想要记起里面的名字。他不时露出苦笑，犹如嘲弄谭纳所写的文章一样。这是第一次，我怀疑登载在杂志上的案子，和真实的调查过程或许有天壤之别。

"'预言成真案'是我跟巴黎神秘教派第一次交手的案子。死者是索邦大学的教授，他有条腿瘫痪，不良于行。这个男人的名字是伊西多雷·波隆德。他一个人住在一间大房子里，整日与书为伍。年轻时，他待过里昂，并在那里接触马丁教派，不过他很快就跟这个唯灵论团体断绝往来。日后他定居巴黎，迷上了亚特兰提斯传说，开始在遥远文明的故事里，寻找那些被大海淹没的岛屿踪迹。

"波隆德较忠实的朋友当中，有位曾念过神学院、名叫普达克的神父，他拿毒药和礼拜仪式用的食物做实验；他把献祭用的牡蛎喂给老鼠吃，再让老鼠活活饿死。据他说，从老鼠尸体的体液可以提炼毒性惊人的毒药，只要轻轻一碰，马上致人于死地。波隆德最后对普达克的实验失去兴趣，并将他扫地出门。

"这是跛脚的波隆德树立的第一个敌人；他很快发现，经常

招惹敌人是种可以填充他空虚周日的娱乐。他创办了一份专司讽刺的报纸，担任唯一的作者兼主编，并开始嘲讽巴黎神秘教派的头子。他最爱攻击的目标是葛利亚雷以及老朋友普达克。当时的普达克自称是先知，原本他的预言空泛无意义（例如圣彼得日的一场暴风雨、不知道在哪儿的船难），但是不久却变成指名道姓并附上日期的预言：9月18日是伊西多雷·波隆德的死期。

"这起预言有点儿吓着了波隆德（并非他相信普达克的能力，而是他深怕仇人会计划杀害他），那天他足不出户，任谁来都不开门，只拿走邮寄来的报纸。然而，当女仆隔天早上进入他家，却发现他坐在书桌前，头枕在一本厚书上，已经没了气。

"短短几天，普达克的先知名气水涨船高，商人、无所事事的仕女们都来拜访他，让他预言投资、赌博以及爱情的运气。他的名气只持续短短一段时间，因为根据我提出的验尸报告，波隆德是被磷毒死的。我协助警方调查，发现波隆德摸到的最后一本书涂满了磷。他爬上楼梯拿书，拿下来查询之后，用力合上，书页扬起一阵粉雾，于是毒死了他。

"普达克马上遭到逮捕，这桩谋杀案显然计划已久。他告诉法官，当初离开波隆德家时，大概是凶杀案前五六个月，他就在书里下毒；之后，他静待相当长的时间，直到波隆德得特别查询那本书。

"警方对查出这一连串的犯案过程很满意，不过我却感觉少了样东西。他怎么知道那天普达克会去查阅那本书呢？而就是调查这个疑点，让我遇上了葛利亚雷。

"波隆德的那本夺魂书非常厚，内容是关于文艺复兴时期的神秘主义运动。我循线追查那天的报纸，想找出是否刊载了什么会让波隆德特别想查阅那本书的消息。他家里的其中一份报纸是葛利亚雷经营的《催眠师报》。再三读过那份报纸后，我在报纸末尾发现署名塞苏斯（Celsus）的家伙写的一则短文，那是神秘教派常使用的一个假名，里面提到了费奇诺（Marsilio Ficino），我们认为他是将柏拉图思想重新带回西方的哲学家。

"当时，波隆德正在准备有关亚特兰提斯研究的最终版本。那篇短文的作者，自称为塞苏斯的家伙指出，梅迪西医生之子费奇诺，创立了自己的学院（他是素食者且禁欲），曾在二十三岁那年写过一本书，内容是关于柏拉图编纂的亚特兰提斯神话，不过后来他将书销毁了。短文中指出，费奇诺曾找到远在柏拉图之前的数据，并证实亚特兰提斯并非是哲学大师无意间的幻想，且将那本涂抹过磷的厚书列为书目。我发现这篇刊在报纸末尾的短文就是杀人武器。波隆德一读到这则假消息，便去找那本文艺复兴神秘教派的书，想知道数据是否正确。他没有找到，然而，当他用力合上厚书的那一瞬间，便笼罩在磷粉扬起的尘雾当中。

"我向检察官申请逮捕杂志主编葛利亚雷，但是这个家伙辩称文章是邮寄来的，他根本不知道作者是谁。他拿出从土鲁斯寄出的信封，证实自己的无辜。以普达克神父的脑袋来看，这起谋杀计划实在太过缜密。于是我派出美人鱼追踪葛利亚雷。虽然她成功和他变成朋友，我却一直没拿到有关磷粉、那篇杀人短文或是普达克的证据。我的最后一招，是到萨柏提耶精神疗养院见凶嫌（他的暴怒让法官判定他心智不正常）；但是当我到那里时，普达克神父已经上吊自杀。他没有留下任何证明葛利亚雷也涉案的只言片语。

"因为如此，葛利亚雷这个名字会勾起我的不堪回忆。随着时间过去，已结的案子会模糊、淡去，最后消失：悬而未决的案子恰巧相反，会在失眠的夜里，一再回到我们的记忆里，让我们知道，那些连串的疑问、犹疑和错误，才是我们真正的财产。"

10

我垂头丧气地回到旅馆，感觉阿萨奇一点儿也不信任我，只需我帮忙一些不重要的工作。他向我隐瞒葛利亚雷的事，不愿透露调查的计划。于是我关在房内写迟迟未回复的邮件。尽管我在信头写下"亲爱的双亲"，我还是无法不去想这封信其实是写给母亲的，她比较关心我的家书。我告诉她在这里发生的所有事情，不过都经过美化。这个快要分崩离析的世界已光彩尽失，但我仍努力想找回事物头一次出现时闪耀的光芒。

我到一间阴暗的小酒馆吃晚餐，那里黯淡的灯光和厨师差劲的烹饪技巧简直是天造地设，之后我到旅馆的大厅，看看是否能遇到贝尼托或巴多内。然而只有苏族印第安助手独自一人坐在大厅的椅子上，身子直挺挺的，眼神望向虚空。我点了点头，跟他打招呼。

塔马雅克拿出一盒烟，邀我共享。我听说过有些部落会抽能引起幻觉的药草，而万一在涅卡太太的旅馆大厅闹笑话，阿萨奇肯定会把我扭送回父亲的鞋铺。或许塔马雅克发现我带着怀疑的眼神盯着烟，所以他对我说：

"别怕，这是来自马丁尼克岛的香烟。我在旅馆买的。"

我发现印第安助手居然会讲法文，于是我鼓起勇气，告诉他我的讶异。

"四年前，杰克·诺瓦利乌斯开始学习法文，想打进十二神探。他知道通晓法文是成为俱乐部一员的必要条件之一，助手则不一定要跟进，不过他也要我一起学，以便有个练习的对象。那您跟

阿萨奇怎么了？当巴黎神探的助手应该很神气，但是我只在您的脸上看到沮丧的表情。"

"我不是真正的助手。我知道他手上有个调查计划，不过他不愿意透露半个字。他不信任我。"

"可是他的嗓口是件好事。我刚开始跟诺瓦利乌斯在平克顿侦探社工作时，他几乎不跟我说话。我偶尔会表达自己的意见，可是他总是把话留做最后的惊喜。"

"他在调查前从没跟您说过什么？"

"完全没有。我们的第一个案子发生在中东的一间马戏团。一个男演员在表演进行到一半时遭炮轰身亡。这个杂耍演员遵照往常的表演程序，也就是跟观众打招呼，让大家看他的头盔，然后问亮不亮？亮不亮？接着，他钻进炮筒内，不过却没有发射到几步外的地方，而是飞过马戏团的帆布，消失在黑夜里。

"他的死因很明显：大炮有两个机关，一个是制造爆炸声的炸药，另外还有发射人体炮弹的弹簧。杀人凶手却在炮膛里填充火药，让表演的道具摇身变成货真价实的大炮。

"杰克拿出随身携带的蓝灯给我看，这是他拿来辨识伪钞的工具。他告诉我，有了这个灯就能逮到凶手。杰克解释，只要碰触到炮灰，就算过了十天，指甲里还是有残留物。杰克说，再怎么搓洗都没用，唯一去除炮灰的办法只有烧掉它。他要我重复一遍刚才的解释，以便能讲给想听的人听。

"杰克宣布第二天要进行他的伟大试验，并强制马戏团所有成员在黑暗中伸出他们的手。到了九点，等到表演结束之后，我们把马戏团班底集合在沙堆上，周遭一片漆黑，只拿出蓝灯照明。尽管杰克信誓旦旦保证过，但是却没有一双手发光。侦探相当难过，他跟大家道歉。所有表演人员一个接着一个离开了帐篷，最后一个是名叫罗杰的空中飞人，他脸上那抹近乎丧心病狂的微笑，让我一辈子都忘不了；他的手红彤彤的，都是烧伤的痕迹，而埋伏在外的警探随即逮捕了他。

"后来，我们知道了这起杀人案的细节：罗杰那个表演骑术的老婆，差点儿就要跟人体炮弹男演员跑了。罗杰发觉这件事之后，增加了炸药的量，让情敌被炸飞出去，同时也毁了他的婚姻和人生。罗杰的老婆跟侦探坦承当他们夫妻俩躺在黑漆漆的床上时，他曾要她看看他沐浴在月光下的双手。接着问她，亮不亮？亮不亮？"

"那么您也被您家主子骗了？"

"没错。但重要的是，我要对他使用的伎俩有信心，这能让一切事情顺利进行。如果我失去信心，或者自作聪明，说不定就会毁了他的计划。所以亲爱的萨瓦迪欧，让我告诉您：当您在这里，感觉自己遭到忽视和遗弃，或许这才是秘密计划最重要的一块，让阿萨奇能确保胜利。而这也等于是身为助手的胜利。"

塔马雅克的一席话仿佛预兆，隔天一早，涅卡太太的敲门声便叫醒了我。

"萨瓦迪欧！快起床，有您的口信！"

我摇摇晃晃地走过去开门，映入我眼帘的第一个画面，是涅卡太太没上妆的模样，这让我接下来一整天都不太好过。我将信件一把抢过来读：

尽快到机械馆来。

信件有煤灰的痕迹，黄色的纸上印着阿萨奇大大的黑色指纹。

第四部　火痕

1

机械展览馆以钢铁和玻璃打造，各种机器依照功能分类，陈列在不同的展区内。不过却经常发生明明是某个展区的机器却被送到另一个地点的事，因为人类的分类规则总是不清楚。工作人员根据筹备委员会不断差人送来的变更平面图，将机器挪来挪去。这些信差清一色是小伙子，一身蓝色制服，戴着皮帽，有时连他们自己都得查阅带来的平面图，以免迷失在众多的展览馆和走廊当中。但是他们只要转错弯或者看错平面图，就会迷路好一阵；第一个出门的信差，往往后来才到，所以工作人员便误拿最后才送达的旧决案。于是，以外国人为主的工兵开始抱怨工作过量，并威胁要罢工；为了解决这个问题，遂决定将当时未放置在应当位置的机器送到特别展示区，跟其他未依功能归类、太迟送到，以及放错位置的机器一起陈列。这样一来，矿坑挖土机的旁边是电子琴以及贝尔（Graham Bell）的金属传感器。这个展区最多人参观，事后证实，参观世界博览会的民众最爱这里展示品的多样性；这种多样性告诉他们，世界上处处是他们尚未认识的东西。过于精确的分类，最后往往会让大家厌倦，所以一定要有一个模糊地带，告诉大家一切就像做梦。世界上所有的字母表，都有不知该如何使用、从来就没用过，或者永远不用也没关系的字母；它们的作用不在于用来发音，或者代表字母表有瑕疵（我们的语言里有 x 这个字母，用来表示没有或者划掉的意思）。而事实上所有字母表都有像这样的字母，仿佛支撑建筑的不稳固砖头和扭曲梁柱。

到了机械馆门口，我出示通行证，这张纸上盖有筹备委员会戳章，也印着十二神探惯用的红色墨水圆章，警卫紧盯着上面的字，仿佛那是什么惊人的东西。大家都听说过这个俱乐部，但是没有人能确定它是否真的存在。红色的圆章，仿佛是来自亚特兰提斯的邮戳。我急着要跟阿萨奇碰面，所以没办法停下脚步欣赏机器，走马观花的结果，常因不专心看路而撞到前方的人，引来不同语言的咒骂声。这里最耀眼、最引人注意的，莫过于那些不知功能为何的机器；能够一睹青铜烟囱、上过油的齿轮、不知是用来测量压力、速度还是温度的蓝色指针钟表，以及保证容易操控的电器拉杆和开关，真叫人大开眼界。这儿跟其他同是玻璃材质的建筑物一样，阳光照出了漂浮在空气中的无数微尘粒子，展览馆内于是弥漫着一种奇妙的氛围。机器一个挨着一个，仿佛聚集在一起是为了让尘埃从它们的上面飞过，接头和装置、钟表和活塞、线缆和火星塞，在这片领土连为一片，整个展览馆似乎只陈列着一具沉睡中的机器。

我穿过走廊，赞叹着无福观赏的无数智慧结晶，走廊尽头有一群待命中的警察，阿萨奇就跟他们在一起。这个地点位于几乎完全隐蔽的区域，展示着殡葬业的新发明，像是把往生者的尸体发射进海底埋葬的大炮，以及兼具挖土机功能的棺柩，只要把遗体放在里面，机器启动后，就会自动挖掘墓穴，钻进地下。此外还有各种不同的焚化炉。

阿萨奇伸出手跟一个刚到的男人握手，那个人跟他一样高，大鼻子，一身专业的黑色服装。

"阿萨奇先生？我是亚涅斯托·森波尼，法布斯公司的代表。天才刚亮，就有人把我从被窝里揪起来，告诉我有人用过焚化炉。"

那座焚化炉是用耐热砖头和钢铁搭盖的，简直就像栋房屋。操控的装置位于正面，墙上印有商标和公司名字。一旁的担架上，躺着一具焦黑的尸体，脸部已经烧得面目全非，让我想起在亚洲某处偏远角落因考古探险而出土的石头神像。这具尸体的头颅似乎已剥离于身体。

"这是野战用的焚化炉。"森波尼解释，语气跟想卖炉子给潜在客户时一样慎重。"这个炉子能在瞬间加热到相当高的温度，可以用瓦斯、柴火或是液体燃料供给能源。我要特别提一下，诗人雪莱在古里齐亚海湾发生船难过世之后，我们这种机器曾用来火化他的遗体。"

"不过这次看来没成功。这具尸体应该要烧成灰吧，但才到焦黑而已。"

"这是因为时间还没到火就熄了。不然的话，阿萨奇先生，您现在看到的只会是一把灰而已，无法调查。"

"森波尼先生，话别说得太满，我们连灰烬也能找出线索的。"

阿萨奇拿出一支笔，刮过尸体肚子地方的皮肤，表面凹了下去，我看到像是烧焦羊毛的东西。

"还有谁知道怎么用这个炉子，森波尼先生？"

"炉子的使用方式很简单，只要看过使用步骤的人，都知道怎么用。况且我们都已经把机器设置好了，打算在开幕当天做个展示。"

我们还没弄清楚是哪种展示，一阵骚动就打断了森波尼的话。本来紧盯着阿萨奇不放的警察，此时有些慌张，他们的视线从我们身上转开，仿佛不想跟波兰侦探或是他皮肤黝黑的助手有什么瓜葛。来者是一名穿着苏格兰布长外套的男子，蓄着引人侧目的厚重八字胡，仿佛要大家小心胡子的主人。男子瞄了一眼尸体，享受半晌他的出现带来的注目，然后拿起本子做笔记。

"让开，阿萨奇！从现在开始，由我来问问题。把您的笔收好。"

有那么几秒的时间，这两个男人似乎就要拿起笔决斗。刚到的男子是巴黎警长巴西丹，我是从报上刊登的照片认出他的。达

朋死后，他曾在《真相报》上说：真正的侦探已经不存在，十二神探俱乐部即将瓦解。

阿萨奇后退几步，丢下尸体和森波尼。

"在我问这个男人之前，"巴西丹警长指着森波尼，"阿萨奇，告诉我，您怎么知道这里发生命案？"

"什么命案？"

"有人在这里焚尸。"

"我正在调查达朋的命案。晚上我出门散步，回家路上经过机械馆，碰见门口一阵混乱。至于这具尸体，我们还不知道是不是遭人杀害。"

"难不成您以为他还活着？"

在场的警察配合长官的笑话咯咯大笑，像是痉挛般地抽动。

"等凶手找到了，你们再笑也不迟。现在快去巡逻各个馆，看看是不是有人失踪。"接着巴西丹走向紧跟在他身边，一副警察模样的男子，巴西丹想要让自己全身上下都看起来像侦探，早已是公开的秘密，他甚至也有自己的跟班。"霍提那克，尸体交给您看守，直到停尸间的人员来了为止。"

阿萨奇打断他的话：

"警长，我希望您注意一件事。尸体的头几乎断了。"

"我说侦探，您老是给我错误的线索，想害我追错路。但我会照自己的方法调查，让大家看看到底是谁率先解开真相。就算达朋死了，您还是不够格当巴黎侦探：这个头衔要靠自己争取。在此同时，您依然只是瓦索维亚的侦探，如果瓦索维亚没有其他更优秀的侦探的话。"

阿萨奇扔下巴西丹，把我带到一边。我以为警长的话伤害了他，不过他似乎只是装装样子而已。当警长继续在那儿发号施令，侦探对我说：

"我得留在这里。我要是一离开，巴西丹肯定会派人跟踪我，我可不想让他追到我的嫌疑犯。不过我要你去一趟标本馆，问问那儿是不是有尸体失踪。"

"您的意思是没有人遇害？或者死者……本来就是尸体？"

"如果丢进焚化炉的是一般尸体，燃烧的味道不可能这么酸。你来自饲养绵羊的国家，理当知道纺线的过程中，会挑出质地非常粗糙的劣质羊毛，充作枕头和布娃娃的填充物。标本学家进行防腐程序时，也会拿这种羊毛来填充尸体。我想凶手是偷了一具已经防腐处理过的尸体，然后丢到炉子里焚毁。"

"为什么有人想这样做？"

"我怎么知道？如果我的工作这么简单的话，随便一个人，甚至巴黎警长都能结案了。现在我只担心巴西丹看到我在这儿。我会再问一些问题，误导他。"

离开机械馆前，我遇到一个筹组委员会的信差，他告诉我怎么到标本馆。一路上，我遇到好几位神探，他们过来看这个新的事件是不是跟达朋的死有关。我看见跟林克走在一起的德国神探；也看见了那两个日本人，他们假装在欣赏机器，不过脚步却不停往前，心无旁骛。巴多内上气不接下气，紧跟在"罗马之眼"马格雷里后面。诺瓦利乌斯则在门口，想让印第安助手进馆——警卫坚称他是从展览会另一头南美印第安部落的场地偷跑出来的，还打算把他送回那里。为避免被人跟踪，我溜进其他展览馆，再从侧门溜出来，停下脚步欣赏刚刚才架好的地球模型，然后往艺术馆的方向而去。当我确定没人跟在后面，已经来到标本馆。进去之前，我似乎远远看到有个女孩在跟我打招呼，那是葛蕾塔，她拿着望远镜看着我。我跟她打招呼，浑身不自在，觉得自己暴露了行踪，然后装出泰然自若的模样，走进有如埃及神庙的展览馆。

2

展览馆门口有只防腐处理过的熊，那呲牙咧嘴的表情仿佛正欢迎大家光临这个伪装成永恒的世界。里面的玻璃架以及黑色木头的长桌上，摆着跟昆虫一样小的鸟，以及跟鸟一样大的昆虫作装饰。六个月前经报纸披露死讯的一头巴黎动物园的长颈鹿，还放在搬运的木箱里，脖子伸出木箱，犹如一直保持着这种探索世界的模样。

一个穿着灰色工作服的矮壮男子经过我身边，我问他哪里能找得到标本学家，他低声念出拿萨医生这个名字，然后对我指着一扇关上的门。

我敲了敲门，没等回答便开门直闯。一个穿着白色工作袍的医生背对着我正在写一封信。他的旁边有张空床。

"鲁弗斯，再等一下，我马上把信给您，是给委员会的……"

我往前一步。

"医生，我不是鲁弗斯。我叫席穆多·萨瓦迪欧……"

他停下笔，转过身来看我。拿萨医生蓄着浓密的胡须，一双眼因为夜间长时间工作而红彤彤的。他望着我，那神情仿佛还沉溺在思绪里。

"我现在很忙……或许之后我再考虑收个学生吧……"

"我不是要当学徒！是侦探阿萨奇要我过来这边一趟。"

我以为他会把我轰出门，但是他站了起来，态度热切，好像我讲了什么神奇的话。

"侦探！刚好我需要找个侦探！我们有一具尸体失踪了！那是最棒的作品，却在大半夜被人偷走！"

"我就是为此才来这里的。"我说，并露出满意的微笑。

拿萨瞪着我瞧。

"但是您怎么知道这件事？我又还没通知别人搞丢尸体这件事。"

"我们知道展览会场发生的所有大小事。"我回答，很高兴看到一个茫然的人认为我来的正是时候，而且帮得上忙。

"您的口音跟那种自大的模样好熟悉。"拿萨医生用一口流利的西班牙文说道，"您该不会是阿根廷人吧？我也是！"

拿萨医生靠了过来，好似要给我一个拥抱，他那套工作服沾满了化学药品、血迹和其他成分可疑的污渍，我吓了一大跳，像击剑选手那样后退几步。于是他的拥抱动作就僵在那里，最后放下手臂。任何一个人看到拿萨医生冒出突如其来的热情，都会以为在巴黎遇到同胞的机会屈指可数，但这个城市其实到处都遇得到同乡。

"所以您在巴黎工作啰？"他说。我躲不掉拿萨医生在我背后放肆的一拍。

"来这儿一段时间而已。奎格派我来参加第一届的十二神探聚会。"

"我也认识奎格。我是五年前在进步俱乐部的一次聚会上认识他的。他上了一堂精彩的课程，解释推理和归纳的不同。"

"那是他最爱的题材之一。"

"他的课精彩绝伦。虽然对我来说完全是对牛弹琴，不过我觉得他相当优秀。我知道他最近已经离开了侦探这一行。"

"因为健康问题。"

"因为巫师案吧。好吧，您应该比我更清楚这件事。"

我不知道该怎么回答。我经常以为只有自己知道卡立当和阿拉尔贡命案，可是每当这件往事又被摊在阳光底下时，一股难以启齿的羞耻感就会涌上心头，仿佛我在那时犯了一个不可原谅的错误。我常发现，所谓的罪恶感无关我们的行为：我们会为了跟自己毫不相干的事情感到罪恶，而面对真正的过错时，却又认为不是自己的责任。于是，我话锋一转，把焦点拉回我来这里的原因上。

"我来这里，是因为发现了一具尸体，我们觉得应该就是您丢掉的那具。"

拿萨的脸顿时亮了起来。

"我就知道尸体不可能离这儿太远。状况还好吗？"

我摇摇头。

"难道头剥离身体了？"他问，"那我得花很大工夫才能把头兜回原来的位置。"

"医生，恐怕您不必费事了。"我说。拿萨听了之后松了一口气，但我马上补充："尸体被烧了。"

拿萨医生颓坐在椅子里，像只斗败的公鸡一样垂头丧气。

"今天是礼拜几？"

"礼拜四。"

"还有一个礼拜，我们就要开馆了！一个礼拜！我大小事都得自己来，负责整个馆，拿到许可证……阿根廷馆的负责高层是不打算给我位置的。他们只顾着展览他们的马匹、绵羊、小麦，尤其是他们的牛群，可是他们不愿意让我在这里展出我的艺术作品。要有生命的，要有生命的！他们这样对我说。要有生命的！他们翻着白眼不断重复。不过，他们真知道什么是生命吗？"

他摇头晃脑，盯着自己的指尖瞧。

"我才是那个知道何谓生命的人。我才是那个知道尸体腐化过程的人。我才是那个能阻止这种过程的人。总之，我得去看一下到底糟成怎样。带我去吧！"

"去也无济于事。更何况，现在去的话，他们可能会把您留在那里问话。巴西丹警长会要您去警局一趟，然后您会花一整个下午的时间等他们来问话。您很幸运，阿萨奇还没告诉警察尸体是您的。您没有其他可展览的东西了吗？"

"有，请跟我过来。"

拿萨让我进入里面的房间。那边有一堆还没分类的动物：有呲牙咧嘴的狮子、鹳鸟、体型颀长的鳄鱼、鸵鸟……角落则挤着一堆小型一点儿的动物：狐狸、水獭、野雉、蛇……有一些眼睛不见了，或者是缝线脱落；每样标本都垂挂着卡片，上面注明来源、制作日期，还有制作者的名字。

房间中央有四张小床，上面躺着三具人型。第一具是木乃伊，第二具是石像，第三具则是女人的尸体，那脆弱的模样仿佛由灰堆成，就快要在空气中瓦解。最后一张床是空的。

"我们原本打算展示以不同的防腐方式处理的尸体。现在虽然只有三具，但也只能将就了。正如您看到的，这具是我们完全遵照古法制作的埃及木乃伊。我们甚至还祷念了祭司所用的古老咒文。如果您感兴趣的话，可以瞧瞧那边装了内脏的罐子。"

他站起来，在一个柜子里翻找罐子，不过我信誓旦旦地告诉他没有必要。

"另外这一具尸体是依照中国古法来作防腐处理，用火山的熔岩，让尸体变成石头。这种方法很有趣，不过或许还相当有争议。看到没？看起来很像石头吧。有些标本学家不相信这是人类的尸体，他们以为这是黏土做的。"

"您是怎么弄到火山熔岩的？"

"我们用人工方法制作的，高温加热泥巴、石灰和沙子。我可是煞费苦心呀，每天都烫伤双手。跟我默契最佳的工作伙伴吉马，到现在还躺在医院里；希望他很快就能出院，参加开幕仪式。"

　　拿萨靠近第三张床，小心翼翼地触摸女尸的皮肤。她一袭白色洋装，束着腰带，几年前别上去的花朵早已凋谢。她那头掺杂灰色发丝的头发，简直跟活生生的女人一样。拿萨对我做了个手势，仿佛邀我摸摸看那像羊皮纸的皮肤，可是我往后退去。

　　"这不是我的作品，这是靠时间、气候，在偶然机会下创造出来的作品。第三种方法，就是教堂棺材里的尸体，因为保持干燥而维持原样：您看到的这位女子，是我们跟专偷圣物的盗墓贼买来的。虽然她半个世纪前就已过世，却像是刚刚才咽气。"

　　最后，拿萨医生指着空床。

　　"但是按照一般西方传统方法制作的 X 先生是最上乘之作：这是一个上断头台的罪犯，我们把头颅重新接回原本的位置，处理掉所有砍头的痕迹。"

　　我从口袋里拿出刚买的黑色笔记本，内页是格子纸，和阿萨奇使用的本子类似，不知不觉中，我竟模仿起他写字的动作，半掩本子，一副害怕别人偷看笔记的模样。

　　"他们是怎么从这里偷出尸体的？"

　　"锁被强行撬开，用小车运走。展览会场总是有人通宵工作，尤其是现在这个非常时刻，只剩一点儿时间就要开幕了。谁会注意混在数以百计载着建材、机器、雕像、非洲动物的车子和小车当中，运走的一个物体呢？"

"谁给您提供这些工作上的尸体？"

"法院停尸间。这个馆属于公共卫生部门。"

"那 X 先生的尸体也是啰？"

"对呀，当然。"

"为什么要取这个名字？……X 先生？我想知道他真正的名字。"

"这对调查很重要吗？"

"当然重要。烧了他的人，有可能是因为个人恩怨……"

"我们不知道他的名字。我们不知道任何一具尸体的名字。对无名尸下手要容易多了，了解吧？这样就能忘掉他们曾经走过人间一回，他们也是人生父母养的，忘掉有人牵挂着他们从餐桌缺席，床上再也不见他们的踪影。可是从这个方向追线索是白费工夫：这应该是同为标本学家的对手针对我的行动。我的职责是答应展出您在这里看到的这些东西，并回绝那些不在这里的东西。我们这些标本学家很会记恨，像是有人寄来缝得很糟的兔子，眼睛的地方还缝上扣子，他们一旦遭到拒绝，就会记恨一辈子。我们这一行保存的最完整的东西，就是怨恨。"

3

　　没有阿萨奇的命令，我不想再调查下去。我先到他的住处，然后到努曼西亚旅馆的地下展览厅找他。阿萨奇坐在椅子上，身旁都是待签或是待销毁的文件；他紧抓着脑袋，动作夸张，一个留着尖胡子的矮小男子正对他大声嚷嚷。

　　"阿萨奇，您以为您的问题很严重吗？死人永远都不可能带来麻烦，活人才会！不管白天或夜晚，我家都有信差上门，我的太太威胁要抛弃我，更糟的是，我家的厨娘也一样。政府为了纪念大革命，决定今年筹办世博会，要我们跟其他国家频繁地交流。所有的事情本来在几个月前都打理好了，现在情况却大大改变，欧洲元首不愿意正式参加，因为他们觉得参加一场庆祝国王上断头台的盛宴实在不妥。他们不喜欢'断头台'和'国王'这两个词组合在同一个句子里。但是他们的外交参事、工业家以及工程技师都来了，挤满了我们的旅馆。我们称为'非正规官员'的这些人来拜访我们。这群人一副阴谋者的嘴脸，要求见每个人，然后发送才刚从印刷厂出炉不久、油墨还会弄脏手指的名片。而我们根本都分不清楚这种非正式的代表跟冒牌货之间的差别。前天我把一个蠢蛋赶出我的办公室，结果他却是英国大使馆派来的正牌使者，所以我的秘书一整个早上都在写道歉信。上个礼拜六，部长花了两个小时跟一个德国人讲话，本以为他是史瓦本镇工业家的代表，结果却是个卷入瑞士债券丑闻而被通缉的登柏斯德大骗子。您手上遭谋杀的侦探、被焚尸的尸体，照我看来，都不是很难解决的问题。"

相较之下，像个巨人的阿萨奇仿佛面带恐惧似的盯着眼前的男子；我得说，有好几次我注意到对高个子来说，矮个子会计他们完全手足无措，仿佛他们是属于另外一个节奏更快、更紧密、更复杂难懂的世界。

"瑞弗戴医生，我们会尽全力。如果当初雇用的人是我，而不是达朋，就不会有这件惨剧。"

"雇用达朋的人是筹备小组委员会，不是我。因为他们感觉到了事态的严重性。"瑞弗戴将一个塞满钞票的信封扔在他桌上。"阿萨奇，我带来了约定好的钱，当作鼓励您的奖赏。等案子解决，剩下的一半会再进入您的口袋。我们会让报纸报道达朋是意外身亡。这是我们额外得花的一笔钱。贿赂政客要容易多了，因为他们都不是什么诚实的人，但是对象是记者的话，代价不菲，这群人老是对任何事都抱持怀疑。"

瑞弗戴不告而别。阿萨奇望着他的背影，似乎要确定他真的离开了。接着，他将手伸进信封里，掏出钞票。

"你的消息值得一张钞票吗？"

"我不知道。"

"尸体是不是从我猜的地方偷出来的？"

"没错，是从标本馆偷出来的，制作尸体的标本学家叫拿萨。尸体则是停尸间捐赠的。拿萨还挺骄傲他能把头颅接回尸体原本的位置。"

"那么，咱们上停尸间去吧，得抢先巴西丹的手下一步。"

尽管阿萨奇不怎么觉得我值得奖赏，还是给了我一张钞票。

一个小时后，我们穿过了一座方正的石头院子。阿萨奇要我买一瓶酒，还有起司跟香肠，于是我带着装盛食物的箱子。院子里有两辆套上马匹的绿色救护车，已经准备出发到城里最遥远的角落去载运某具尸体。我们走下楼梯，直抵解剖间。经过一扇敞开的门时，阿萨奇打个手势要我保持安静。我还是忍不住探过头去看，一名法医正在跟巴西丹及一群警察说话。

"他们已经快发现我们知道的事情了，但我们还是有优势。"阿萨奇低声说道。他看我露出胜利的笑容，于是警告我。"不过千万不要相信所谓的优势。"

我们打开一个房间的门，里面空无一人：这里是停尸间的档案室。架子上摆着几个装了盒子和档案夹的纸箱，档案夹里露出文件；有很多文件用绿色带子绑着，这在当时法国的卫生所很常见。墙壁上挂着一幅露天解剖课的图画，图画上医学系的学生和好奇民众围绕着一个正在解剖尸体的教授。唯一的一张办公桌上，有几张脸部和尸体的照片，还有盖着医院戳章和医生龙飞凤舞签名的法院裁定书。对档案再熟也不过的阿萨奇开始翻找一个方柜，由于就放在书桌旁边，所以似乎是比较近期的文件；翻找许久之后，他露出胜利的表情，抽出一张纸。但就在这时，一阵沉重的脚步声传来，离我们越来越近；我吓了一大跳，阿萨奇却连头都没抬一下。

有个体型十分肥胖的男子走进了档案室。他穿着行政人员的制服，可是那缝缝补补过的衬衫，让他看起来就像个乞丐。

"阿萨奇！要是医生发现您闯进这里，我的饭碗就不保了！您要害我饿死吗？"

"波德纳，要是当真那样，我可要伤心死了。"

阿萨奇对我使个眼色，要我把带来的箱子放到桌上。波德纳看了看酒、起司跟香肠，露出满意的微笑。

"这些东西可以到更高级的店买，不过这瓶波尔多酒还不赖。您在找什么？"

"我已经找到了。"

波德纳打量了半晌阿萨奇拿在手里的文件。

"您也在找？"

"还有谁在找？"

"一个红头发的女孩……死者的妹妹。"

阿萨奇瞄了我一眼。

"死者没有任何妹妹。有人抢先了我们一步。"

"您知道死者的身份了吗？"我问。

阿萨奇拿回波德纳的文件给我看。

"尚巴堤·索雷。"我念了出来，不过我对他的名字没印象，"他是谁？"

"他是个专仿名画的画匠，被控偷画和杀人遭判刑。"

"您认识这个家伙？"

"我是在一个不太愉快的场合认识他的。"

波德纳拿出一把木柄刀子，正在切起司。

"不太愉快的场合？对索雷来说是吧……将他送上断头台的，正是伟大的侦探阿萨奇啊！"

4

天色已黑，阿萨奇要我跟他一起去一间烟雾弥漫的小咖啡馆。

他点了一杯苦艾酒，我也有样学样，可是他开口阻止：

"助手就是要时时刻刻保持清醒。不要喝这种毒药，脑筋会糊涂。"

服务生送来了我们的饮料，他的个子矮小，几乎算是个侏儒；我喝红酒，阿萨奇则是一杯绿色饮料、一根洞汤匙，及一颗包裹蓝纸的糖。阿萨奇把糖放在洞汤匙上面，浇水直到糖融化为止。苦艾酒的颜色逐渐变成乳白色；在这过程中，饮料和糖水混合在一起，犹如一块掺杂绿色纹路的大理石。

阿萨奇告诉我：

"索雷只是个专门仿画的无名小卒。他擅长学院派画作，就是那种以神话人物为主的大幅图画，这里一棵树，那里一片废墟，画面的中央穿插一名裸体女子。不过这种画派早已过时，索雷发现市场上已经没人想买他仿效的布格霍（Bouguerau）和卡班纳（Cabanel）的画。他的生活陷入困顿，债务缠身，成天在'鲁先达斯咖啡馆'内打发时间度日。一天晚上，他在咖啡馆里众多的游魂当中，遇到一个来自西西里的走私贩。他们一块聊艺术，重温自己喜爱的画作，互相交换信息，诸如法国跟意大利的博物馆有哪些有名的画作其实不过是赝品，等等，最后两人结为了好友。十个月后，伯内帝便把索雷的背景摸得一清二楚，知道他其实是个什么话都藏不住的大嘴巴，于是他说服索雷去偷昔日老顾客家里的一幅画。这个顾客是个布商，靠着一笔帮远征刚果的比利时

军队制作制服的高价买卖，赚进大把钞票。索雷利用卖仿画的借口到布商家，波内帝则打扮成有头有脸的绅士，陪他一块前往，索雷介绍他是梵蒂冈艺廊的专家。波内帝发现布商屋内几乎没有什么安全设备。十五天过后，他们下手偷窃，轻轻松松从一扇敞开的窗户溜进去。"

"这还不足以把他送上断头台吧？他们杀了人？"

"没有，他们两个只是小偷，不是杀人犯。波内帝知道自己偷了什么，那阵子拉法叶同时出版了几本关于雅典学派的书，这波重新回到哲学题材的热潮，让一些没什么名气的画家有利可图，他们找出埋在工作室深处所有穿长袍、满脸胡须的老者肖像画，那些画不久前还乏人问津呢。波内帝打算把偷来的肖像画卖给巴黎柏拉图会社的领导人，不过他没有得逞。"

咖啡馆尽头一面镜子前，有两个男子正大声争吵。我朝那儿转过头去，看见了自己的倒影，不过我没认出自己来，在一片烟雾中远远看过去，冒出的胡茬加上疲惫的眼神，让我的年纪看起来仿佛老了许多。就在这一刻，一股想回布宜诺斯艾利斯的冲动涌上心头，但同时又掺杂着永远不想再踏上故乡土地的希望。如果回国，是用什么身份回去？受奎格之托护送手杖和秘密的鞋匠之子？还是这个从镜子里、烟雾中盯着我瞧的疲惫男子？

阿萨奇等吵架声结束，继续说道：

"索雷还有一个缺点：善妒。波内帝大胆勾搭上索雷的同居女友，那个女孩脸色苍白，一副染有肺结核的模样。结果索雷拿裁布的刀子捅了波内帝，把他扔在巷子里，让现场看起来像是一起街头抢案或是醉汉打架的结果。警察发现波内帝时，他还活着，而且意识清醒，不过他不肯透露凶手的名字。五天后，索雷卖了一幅仿画给顾客，浑然不知警察已经盯上他。画的失主知道整件事情后，叫我来检查画，我在画作的一角找到一枚血指纹。因为他的罪行显而易见，所以我也不必多费唇舌描述他是怎么很快地从地下工作室被送上断头台了。失窃的画作是在他的工作室找到的。"

"他也伤害了那个女孩吗？"

"没有，连打都舍不得。他太爱那个女孩了。我前不久还遇到她在街上卖紫罗兰。我买了一小束花，多付了很多钱，然后在她认出我之前离开，以免她拒绝收钱。我一点儿也不想送索雷上断头台，可是我们侦探就是要找出真相，等真相大白，情况就不是我们所能控制的了。决定该怎么处理真相的是其他人，像是警察、律师、记者、法官。我希望那个女孩不会知道索雷的尸体不但被糟蹋，还遭焚毁。"

"那幅被偷的画后来呢？"

"苦主最后失而复得，但过了不久，他因为破产，便把画卖给柏拉图会社，跟波内帝原本打的如意算盘一样。画现在还挂在

那里。画的名字叫《四元素》，根据我听到的解释，画中的人物分别代表柏拉图、苏格拉底、亚里士多德以及毕达哥拉斯。你问该怎么分辨吗？画中的哲学家都差不多一个模样：穿长袍、蓄胡子，眼神若有所思。"

5

当我回到涅卡太太的旅馆时，几名助手正聚在一起。我从没见过他们只有三四个人在一起的样子，不是全部聚在一起，就是都不见踪影。或许他们在我背后偷偷讲好要一起出现或消失。巴多内远远地喊我的名字，语调带着拿波里人的简洁有力：

"终于看到您啦！过来这里！过来这里！"

我拘束地坐了下来。其实我想溜走，不过最后还是在日本助手的身边坐下，他用严肃的眼神瞄了我一眼，点点头打招呼，动作有点儿夸张，我也点头响应。塔马雅克跟谭大维不知道上哪儿去了。

"阿萨奇对机械馆案有什么看法？"巴西黑白混血儿贝尼托想知道。

我据实以告：

"阿萨奇还不知道。"

巴多内急忙回答，神情得意：

"马格雷里说这两件命案有关。因为都发生在礼拜三。"

林克插嘴：

"您家的侦探很爱把个案看成互相关联。"

"这就是我们的工作啊，不对吗？"巴多内说，"在一团乱麻中找出模式。在警察眼里的单独事件，侦探却能从中找出关联性，就像连接星宿，创造星座。"

"我真替马格雷里高兴。他退休之后，还可以投身天文学，我听说那是门利润丰厚的生意。至少在意大利是这样。"

巴多内不想回嘴。贝尼托似乎很赞同林克的说法：

"但是这次不是什么连续杀人案。一起是命案，另外一起则是偷尸体然后焚毁。若当真是连续杀人案，那罪犯岂不是收敛犯行了？烧尸体就算再怎么令人不舒服，还是没杀人那么严重。接下来又会是什么？偷皮夹吗？看来凶手的犯罪清单，可以用在餐厅白吃白喝画下句号。"

"或者在努曼西亚旅馆白住之后逃之夭夭。"林克说，"十二神探是个侦探俱乐部，但也是仇敌俱乐部。虽然讲出来不太妥当，不过我们都知道不少成员相互憎恨，我们不能排除凶手就是我们

当中一个的可能性。"

"您应该说，是他们当中一个。"巴多内纠正他。

林克的圆脸红了起来，我不知道是因为他把助手也算进凶杀案的可能嫌疑犯，还是因为他把侦探跟助手放在同一个水平上。

"当然，我是说他们当中的一个。"

现场一阵尴尬的冷场。所有的人都想继续谈这个话题，不过没人敢先开口。

"我想知道哪些人是死对头。"我鼓励他们开口。

"死对头可多了。"巴多内答道，"但是最严重、最水火不容的，我看还是别提的好。"

"我不能知道吗？"

贝尼托凑到我耳边低语：

"是卡斯特维堤亚和卡勒·劳森。"

林克的脸依旧通红，不过这次是因为生气：

"你们趁他们的助手不在，讲他们侦探的坏话吗？"

贝尼托耸耸肩：

"林克，是您起的头！更何况那个印度人老是不在，卡斯特维堤亚的助手是隐形人，又不是我们的错。"

"这是个老问题，再提出来嚼舌根实在很没意义。我们的阿根廷朋友还年轻，现在他记得什么，这个印象就会如影随形跟着他一辈子。"

"他有很多时间可以忘记冒着危险学到的东西。"巴多内说。

"我想知道所有应该知道的侦探大小事。"我坚持说道，"而且除了我以外，大家都知道，实在不公平。我可能会不小心在他们面前提到禁忌的话题。"

大伙面面相觑，安静不语。他们知道得做个决定：要么，我是他们的一分子，这样一来他们跟我之间势必得开诚布公，不然的话，我就得被排除在外。因为像我这样一知半解，可能会听到无心的评论，然后告诉侦探们。我不是大嘴巴，不过他们可能不知道。他们得决定我是不是他们的一分子。林克以眼神询问还没开口的其他人之后，说道：

"那么，就让我来说好了。我的观点最公正，而且我讨厌巴多内和贝尼托搬弄是非。那件事发生时，卡勒·劳森已经是大名鼎鼎的侦探，十二神探的顶尖精英；至于卡斯特维堤亚，只是个无名小卒。造成这两个人势不两立的凶杀案，是葛尼斯夫人之死，她的父亲是北方轮船公司的总裁。葛尼斯夫人有精神方面的问题，她的丈夫弗朗西斯·葛尼斯为她建造了一座塔，完成她想远离世俗的心愿。所以，基本上她从不离开塔楼一步。村里的人称她为'塔楼公主'。葛尼斯夫人很少踏出她的避风港，甚至亲自动手打扫。她说自己没办法忍受跟其他人接触，认为外面的人会传染致命的

疾病给她。她的丈夫掌控家族财富，不过所有的文件都要经过她签名。 在某个风雨交加的深夜，夫人从塔楼的窗户摔落。她的头撞到一尊石狮雕像上，当场死亡。"

"那她的丈夫呢？"我问。

"当时他人在几英里外鲁斯弗领主的城堡参加宴会，其实那称不上什么宴会，因为几乎没什么红酒、香槟和食物，但是看见他在场的证人可不少。葛尼斯需要他们的证词，以免被列为嫌犯，证人则都信誓旦旦（他们几乎没喝酒）。可是谣言满天飞，再加上三四个当地记者不怀好意地在报上批评，弗朗西斯·葛尼斯决定要洗刷名声和信誉。于是，他找来牛津大学的昔日同窗卡勒·劳森医生，要求他调查此案，澄清疑点。"

"对一个英国绅士来说，应朋友邀请前往调查，最后却控诉对方是凶手，不是个恰当的行为。"我说，"希望劳森并没有这样做。"

"当然没有。"林克继续说，"劳森面谈了仆人、照顾葛尼斯夫人的医生、鲁斯弗领主饥肠辘辘的宾客，然后确定了葛尼斯的不在场证明。他认为这是一起自杀案件。大家都知道劳森是伦敦最有名望的侦探，法官不会推翻他的意见。然而，就在即将结案之际……他却暂缓了调查。他是不得已才这么做的。"

"卡勒·劳森后悔了？"

"才不是。卡勒·劳森执业以来从没承认过任何错误。但是葛尼斯夫人有个妹妹安莉特，对于自杀之说有所疑虑。安莉特的丈夫是个法兰德斯画家，认识卡斯特维堤亚，于是决定请他展开调查。当时，卡斯特维堤亚跟一个魁梧的俄罗斯助手搭档，名字叫波利斯·露巴诺瓦。这个叫波利斯的家伙，每次调查新案子时总是借故接近仆人，从不多问什么，只跟他们谈谈对主人一家的印象，聊聊他们在日常生活中遇到的倒霉琐事，邀他们喝一杯，经过几天建立起信任之后，就能趁他们酒酣耳热之际，套出秘密来。多亏波利斯，卡斯特维堤亚解决了一件显然没什么好解决的案子。"

"卡斯特维堤亚反驳卡勒·劳森的调查结果吗？"我问。

"何止反驳？卡斯特维堤亚差点毁了卡勒·劳森的名声！经过这件案子，谭大维得教主子印度人的呼吸法，以免他气到昏过去。波利斯搜集到以下消息：惨剧发生前，一名厨娘和车夫曾听到塔楼房间内传出搬动家具的声音。荷兰侦探就是凭着这个夜晚的声响破案。卡斯特维堤亚在法官面前的论据是：弗朗西斯·葛尼斯计划杀妻已久。他派人建造的塔楼，有两扇一模一样的窗户，分别面向东西，一面窗通到一座石造小阳台，一面窗外则是虚空。每一寸建造的细节都完美对称。每晚当她养的猫呜呜叫时，葛尼斯夫人都会到阳台上探视。那天晚上，葛尼斯增加了一倍的药量，让妻子在饭厅里睡着。他抱妻子回塔楼时，小心翼翼地调换了房间内的家具，于是东边的窗户变成在床的右边，而不是原本的左边。

然后，他便到鲁斯弗领主的城堡，让大家证实他的清白。当猫跟往常一样夜间呜呜叫时，葛尼斯夫人因为药效头昏脑胀，便走错了窗户。"

"可怜的夫人。"我说，不知道还能说些什么。

"可怜的劳森。"林克继续说道，"报纸不但揶揄他，甚至还指称他接受贿赂，于是他发誓永远恨卡斯特维堤亚。弗朗西斯·葛尼斯在卡斯特维堤亚的报告出炉前，就接到一名女性友人的通风报信，脚底抹油溜了。据说他逃到南美洲。不过他的逃亡也救了劳森，要是被告没出庭，报纸对判决也就兴趣缺缺。缺少被告的判决，比起画里描绘的处决还要乏味许多。"

这两个侦探的敌对，是令人不舒服而且敏感的话题，在场的助手都安静不语，思索着那起遥远的事件带来的后果。我则有点儿不好意思，让大家谈到这么难以启齿的话题。

幸好贝尼托打破沉默：

"不过，他们两个会对立，也是由于理论不同。我听说，卡斯特维堤亚主张助手在某些情况下，是可以晋升的。"

"够了！贝尼托，我们已经讨论过这个问题。"林克说，"别再痴心妄想不可能的事情。神探只有十二个，不是二十四个。有人亲眼见过助手晋升吗？没有！"

"可是门规或许说……"

"那又有谁看过门规？门规是口头的，侦探在私底下才会讨论，他不会告诉您或是我。讨论我们没看过、或是以后也看不到的东西，根本没有意义。"

"不过我看过门规。"日本助手冈野说。他的嗓音尽管只是像丝绸摩擦那样轻，却让大家吓了一大跳。"我亲眼看过门规。"

林克认为他这样回答，可能是语言沟通不畅的问题。

"您知道我们在讲什么吗？"

冈野以一口流利的法文回答，甚至比林克的程度还好：

"我家主子是个相当有条不紊的人，只要收到的信谈到门规，他就会另外誊写出来。我在他烧掉之前，曾及时看过。"

"烧掉提到门规的信？"

"以免其他人看到。有一次我们在南方的一个村庄调查时，他在我们下榻旅舍的院子里烧信。当时是夏天，蝉鸣唧唧，我家主子将信扔进一盏石灯里烧掉。"

"您的意思是，您瞄到了助手成为侦探的步骤吗？"

"没错。我家主子没要求我保密。我甚至想过佐川是故意让我看到信，让我知道的确有这种渺茫的可能性，而且让其他人有一天也能知道。我们都知道，期盼成为侦探，会让我们强迫自己成为最优秀的助手；这并不是因为我们有变成侦探的野心，而是这种可能性，会让我们提升自己。"

日本助手此刻讲的话，比他前几天说的加起来还多，以至于有点儿快喘不过气来了。他手里端着一杯纯苦艾酒，或许是酒精让他聒噪起来的。然而，说完方才的话之后，忽然间酒精似乎失去了作用，于是林克变得不耐烦。

"快点儿！告诉我们步骤是什么？"

冈野半眯着眼睛说话，宛若要回忆某件尘封已久的事情。

"他们拟定了四条让助手晋升成侦探的门规。第一条：当侦探自己想退休，可以提议由助手继承他的位置。他得把名声和档案全部传给助手。助手则必须师承侦探，犹如他的复制品。这个提议需要其他十一位成员中的九票通过。这条叫'继志述事原则'。"

"那第二条呢？"

"第二条叫'众口交荐原则'。所有的侦探只要一致觉得某位助手天赋异秉，就能决定他可以成为侦探。"

"第三条？"

"叫作'青出于蓝原则'。如果谜案经手三个侦探依然无解，而某个助手有能力解决，这就能当作他申请进入俱乐部的门票。至于他是否能成为一员，要经过全体成员的投票，不是只有能出席讨论的成员而已，赞成的票数要达到三分之二。"

贝尼托露出微笑，很高兴自己的话获得证实。

"林克，您现在还有什么话说？我说得没错，对吧？"

林克不耐烦地瞪了他一眼。

"不过这都只是假定的情况。纯粹理论而已。这三个原则永远不可能真的实现。但是……您不是说总共有四个原则？"

此刻，冈野后悔自己太多嘴了。巴多内手中拿着绿色酒瓶，冈野盯着自己的空酒杯。他得开口才有奖赏。

"第四个原则的确曾经存在。我家主子称作'无法避免的背叛原则'。但是佐川只在纸上写了这几个字，像是他觉得那太丢脸，就算把纸扔进火里也烧不掉的那份可耻。所有的门规都是机密，不过这第四项原则，保密程度更甚。"

大家都安静下来。巴多内倒了两指高的酒到冈野的杯子里，后者一饮而下。过了一会儿，他便睡着了。

"大家做梦吧！"林克说，"大家来梦这些低声在耳边呢喃的门规和秘密条款吧！大家来梦那些丢到某座日本庭院石灯里烧掉的纸吧！"

我告别了其他跟班，上楼回到自己的房间。

6

第二天一早，一阵敲门声惊醒了我。

"起床！助手！只有通宵调查，才有资格赖床！"

那是阿萨奇的声音。我跳下床，开始穿衣服。我不想他在门外枯等，便请他进门。阿萨奇进来时，我正在穿靴子。

"我真嫉妒你有双亮晶晶的靴子啊。"

"我昨天晚上才擦过。"

"我也会擦我的靴子，不过从来没有这么闪亮。"

"我是用一种家父特别制作的鞋油擦拭的，配方是商业机密。"我打开擦鞋箱，拿出一罐鞋油，上面贴着鞋子商标和萨瓦迪欧的蓝色标签。"要不要用一点儿？擦上之后就不怕下雨天。家父还说这种油可以治疗伤口。"

侦探接过鞋油，打开，然后闻闻油膏的味道。

"这种鞋油可以涂在伤口上？我不太相信您父亲的话。"

阿萨奇挪开房间里唯一一张椅子上面的文件。

"我可以把您的靴子擦得跟我的一样亮。"

"真的吗？我们来试试看。"

　　我拿出擦鞋箱里一条已经变黑的抹布以及一把貂毛刷，接着坐到地上，将靴子抹上需要的鞋油量，然后用力一刷。靴子很快就闪耀着萨瓦迪欧牌鞋油的蓝色光泽。

　　"我想你打从心里对父亲是鞋匠出身而感到羞耻的。"

　　"他是个勤奋工作的男人。我没什么好感到羞耻。"

　　"但是你绝口不提这件事。难道你以为助手非得系出名门？"

　　"我并没有那样认为。不然，他们就不是助手，而是侦探了。"

　　"你当真那样想？侦探也不是来自大家族啊。"

　　"马格雷里不是出身罗马的贵族家庭吗？这是我不知道在哪儿读过的消息。卡斯特维堤亚还有个贵族头衔，什么伯爵还是公爵之类的，而赫特家族是德国大型报业的老板……"

　　"伯爵、公爵、百万富翁、教皇的亲戚……恐怕我们距离你的梦想差距很大。马格雷里的父亲是罗马的警察。萨卡拉从小在渔村长大，父亲在一次有名的风灾中丧生，那风雨几乎毁了渔港半数的渔船。卡斯特维堤亚的贵族头衔是自己冠上的，不是真的。赫特家族只是纽伦堡一间小印刷厂的老板，专门印制商业信纸和喜帖。其他人的话，我不太记得了，因为我跟他们不是很熟，但是我可以保证马多拉奇斯对希腊的王位没兴趣，而诺瓦利乌斯曾是街头报贩。至于我，我是个私生子。"

　　我惊颤了一下，虽然儿乎看不出米，阿萨奇还是注意到了。

"别害怕，我不是要说什么让你难堪的大秘密。我的母亲年轻的时候，跟镇上的神父有过一段情。神父最后留任教区的教会，但是我的母亲得戴罪离开那里。她的儿子没有受洗。离开小镇之后，她必须替我找个姓。她当时考虑过自杀，准备拿起总是随身携带的一把利刃割腕了结生命。当她看到刀子上烙印的商标，帮我取了阿萨奇这个姓。阿萨奇牌的刀子在当时很常见。我知道许多阿根廷人受天主教影响很深……"

"那是女人，我们男人是思想自由者……"

"……所以，希望您的母亲不会在意儿子跟着一个没受洗过的侦探工作。"

我们到了大街上，我加快脚步，以免跟丢阿萨奇。

"你没问我咱们要去哪里，还是你已经心里有数？"

"我没想到要猜或者预测。"

"我想你看起来也没那么在意。"

"再过十分钟，等我喝完咖啡，我就会觉得每件事都很重要了。"

阿萨奇的步伐坚定有力，此时他的靴子正闪闪发亮。他日夜都清醒着，我不知道他是在什么时间睡觉，也不知道他是否曾经阖过眼休息。我们走过大约十五或二十个街区，然后停在一栋建筑物前面，上面的青铜门牌写着：

柏拉图会社

阿萨奇敲了敲青铜制的拳头状门铃。管家出来迎接我们，他是个上了年纪的男子，一双眼蓝得像是瞎了一样。

"会社的秘书裴沙告诉我，你们会过来。是为了那幅画，对吧？"

他请我们上楼。他看起来老态龙钟，我不确定他爬得上楼梯。不过他整天上上下下那么多次，早已跟楼梯变成好朋友，橡木的台阶似乎推着他往上。管家的脚步轻盈，我们的脚步声则听起来沉重，犹如军人的步伐。我们顺着楼梯来到一间会议室，里面有长桌、脏兮兮的窗帘、书房常见的那种书架。一面墙上挂着一幅画，四个男人走在废墟和橄榄树之间。我猜肩膀较宽的那位应该是柏拉图，但是他跟其他人差别不大，大家都是一袭长袍且蓄胡。其中一个人拿着火炬，另一个拿着水瓮，第三个则抓着一把土，第四个对着枯叶吹气。

"就在这里：《四元素》。曾经被索雷偷走的画。"

"一幅造成一个人丧命的画。"

"不能这样说，记清楚：那个女人才是引发命案的原因，不是画。如果他是因为偷画杀人，那么今天他的记录就会列入犯罪黄金档案；但事实相反，他的行为是归在为爱情、吃醋、嫉妒、

冲动杀人等数不尽的普通名单里。爱情挑起的情杀，比仇恨及野心还要多。"

我盯着那幅庄严平静的画细瞧。

"我想找出索雷和达朋之间的关系。"阿萨奇说，仿佛对着画中的人物说话。

"达朋和找回的画作有什么关联吗？"

"没有。"

"那么？"

"那么就是没有。第一件案子是达朋的死。第二件是索雷遭焚尸。这两个男人之间有什么共通点？"

"没有。"

"有一点。我认识这两个人，他们都是我的敌人。我正在找一块还欠缺的拼图，拼凑出达朋和索雷的关联。"

"您讲过犯罪调查和拼图游戏是两码事。"

"我那样说过？"

"您赞同日本侦探的说法。他说犯罪调查是一张白纸。我们以为在上面看到谜案，其实却是一片虚无。"

"你能牢牢记得我的话，很不错；我要是能解决这个案子，就由你来撰写来龙去脉吧。我记不得自己说过什么话，但是别人的话我可是记得清清楚楚。好吧，那我们别找什么拼图，改找白纸上的一行字好啦。"

我靠近那幅画。

"您人脉广，所以这个巧合或许不算什么。杀害达朋的人，可能是神秘主义分子，而焚烧索雷尸体的人，可能是个跟他的过去、他犯下的案子相关的家伙。"

"或许你说得有道理。我们的脑袋总是不自主地搜寻着暗藏的关联性。我们喜欢让世界上的万物协调。我们拒绝接受混乱、愚昧、谣言以及坏消息。我们比自己以为的还要更像那些神秘主义分子。"

因为我们在画作前逗留了许久，所以管家便过来看看我们。

"还有其他人来看过画吗？"阿萨奇想知道。

"一个女孩子。长得挺漂亮，看起来非常能干。"

"她说过叫什么名字吗？"

"有，不过我不记得了。她盯着这幅画细瞧，我则看着她。她有一头火红的头发。"

"崇拜哲学的人吧。"我说。

老管家摇摇头，让我不禁担心起来。

"从来没有女人来过这里，只有老人，是年纪比我还大的一些老人。而那个女孩忽然来到这里，还叫我别跟其他人说她来过。"

"那么您不就泄漏了秘密？"

"是没错。不过自从她来过之后，我就问自己那究竟是不是一场梦。现在我看到这位年轻小伙子的脸，才发现不对，那不是梦。"

阿萨奇瞅了我一眼，眼神凌厉。

"你是不是知道老先生在说什么？"

"不知道。或许老先生说得没错，那只是一场梦。不然一个女孩子好端端跑来这里做什么？"

老管家似乎思索着我的话。

"这样的话，应该是梦吧。"他说，"总之，这也不赖。梦境总是能再重温。"

我们走下楼梯，在大门口感谢老管家的亲切招待。

"要感谢的人是我才对。"他说，"让我有机会能认识伟大的阿萨奇。听说，您是硕果仅存的唯一一个柏拉图哲学家。"

"恐怕这个殊荣对一个侦探来说，不是什么赞美。那是我的敌人阵营放出来的消息。"

"您不是说过，敌人说的都是实话，只有毁谤才能替我们伸张正义吗？"

"我要是真的说过那句话，那我就不是柏拉图哲学家，而是诡辩家了。"

我怕阿萨奇问起我女孩的事，但是门才刚关上，他就快步离开，因为下一场会议的人正等着他。

回旅馆的路上，我想这样隐瞒等于是背叛阿萨奇对我的信任。我暗自决定，除了这件事以外，其他都得老实相告。到了涅卡旅馆，门房拿了一封对折的信给我。上面是女人的字迹，以绿色墨水写着：

我知道您从葛利亚雷家拿走了一张照片。如果还没跟阿萨奇讲这件事，就别告诉他。今晚剧场表演结束后，我想见您。后门没关。从楼梯上来。美人鱼。

还不到中午，我又遇到不得不背叛阿萨奇的状况。

7

还有四天博览会就要开幕了，阿萨奇的展览厅玻璃橱窗终于摆满从各个侦探那儿借来的工具。路易·达朋的遗孀送来一台显微镜，玻璃片上有因为某种化学作用而发亮的血滴。赫特拿出一些玩具展览，其中有个上发条的机械士兵，会一边走路一边计算走了几公尺。诺瓦利乌斯除了拿出雷明顿左轮手枪，想不出其他更好的主意，那把枪曾用来在墨西哥边界击毙抢劫火车的匪徒韦

伯·卡尼斯。阿萨奇原本反对展出粗俗的武器，他觉得这种枪跟侦探的形象完全不符。但由于时间紧迫，他只得接受。

"有没有什么可以代表您的理念的东西？"我问诺瓦利乌斯，而他回答我："这把枪就代表我的理念。"

马格雷里的犯罪人类学随身箱则占满了几个架子，那箱子看起来一点儿也不像可以随身带着走。箱子里有数不清的比较表、照片档案，拿来测量鼻子长度、头围或双眼距离的几个德制钢铁器具。有些器具必须特别做个解释功能的立牌，像是马多拉奇斯在"斯巴达密码案"中使用的一根短棍，包着可以写上秘密信息的布条，只有拥有类似木棍的人才能解谜。卡斯特维堤亚则挑了一组五支度数都不同的荷兰放大镜。

贝尼托打断我的整理。

"您看到布宜诺斯艾利斯来的消息了吗？"

"还没。"

"卡勒·劳森正在到处放消息。布宜诺斯艾利斯当地正在起诉奎格犯下谋杀罪。"

我基于自私的理由心中警铃大作。尽管我现在跟在阿萨奇身边工作，但我是替奎格来的。若是奎格惹上麻烦，我也难逃池鱼之殃。马利欧·巴多内拿来报纸，我从他手上接了过来。

"萨瓦迪欧，冷静一下。是有个起诉没错，不过奎格会解决的。"

报上的消息并不清楚，只说警察停止在赌场找寻杀害巫师的嫌犯。他们开始将矛头指向受害者周遭的亲朋好友。阿拉尔贡家族立刻指认奎格。报纸说没有任何证据能起诉神探，不过从不明病症逐渐康复的他，并不打算为自己辩驳。

"您的脸色好苍白。"巴多内对我说，"阿萨奇来了，他会阻止卡勒·劳森抨击奎格。"

我仍紧紧盯着橱窗，不过心思早已飞到九霄云外。橱窗里面摆着西班牙神探罗荷的化妆箱，装满了刮胡刀、假发、假胡子；卡勒·劳森在伦敦深夜外出工作用的防雾眼镜；萨卡拉登上降半旗船只或海上弃船时穿戴的衣物和航海器具。阿萨奇本人只提供一系列黑皮笔记本，打开放着，内页写着他细小的字迹。而有个原本要展示奎格手杖的橱窗，还是空的。

"我会在展览前一刻拿回来放。"阿萨奇这样对我说。"我想借用老朋友的手杖几天，感觉他陪伴在我身边。"

我很怕看到鲁莽的阿萨奇拿着奎格的手杖快步飞奔的样子。我担心随时都会发生意外。

日本侦探展示了铺上沙的方形木块，搭配黑白两色石头，他称为疑问庭园，用来思考事件和因果之间的关联。如果有人问他这个游戏的意义，他会回答：

"我席地而坐，凝视着游戏，随着内心想法的变化而移动眼

217

前的石子；然后把石头收起来，观察留在沙子上的移动痕迹。有时这些痕迹甚至比证物、证词、线索，以及侦探在调查过程中必须面临的麻烦，还能让我知道更多真相。"

全体侦探都已在展览厅中央的椅子就座。除了卡斯特维堤亚的跟班外，我们都在主子的周围。

"喂，巴多内。"我对他说，"站在那边正在犹豫该不该进来的人，不是阿瑟·涅斯卡吗？"

我指着柱子后面一个穿黑衣的男子说道。巴多内一点儿也不意外：

"他一直在旅馆附近徘徊。听说，达朋夫人派他看看调查有什么进展。不过我觉得才不是这样，若是真的要了解调查，他会找机会聊天，套我们的话。但是他嘴巴闭得那么紧，视线只绕着侦探们打转，尤其盯着阿萨奇不放。我们在他的眼里，好像空气似的。"

涅斯卡的举动让我不解，而尽管我对他没好感，却感到一丝悲哀。

"他家侦探已经死了，还能以跟班身份继续参加聚会吗？"

"没人告诉他接下来他能做什么。他就像是达朋留在世上的一抹幽魂。更何况，目前的情形很混乱，有谁敢逐出谁？我猜经过这次巴黎的意外，会有新的门规出现。"

我大胆开口：

"或许他希望继承达朋的衣钵吧。"

巴多内摇摇头否认。

"大家都不喜欢涅斯卡。他那种与生俱来的不讨喜，让人在开口跟他说话之前，就对他没好感。只要他走过的地方，女人都笑不出来，鸟儿也停止歌唱。"

涅斯卡此刻靠近玻璃橱窗，凝视着达朋的显微镜，仿佛那是什么圣物。阿萨奇已经出声要求大家安静，所以巴多内得凑近我的耳边低喃：

"我以前很讨厌他，不过现在我觉得他很可怜。他想保住旧饭碗，他想相信还是有个等着他的任务。等这次聚会结束，大家回到自己的国家，或前往发生凶杀案的城市，他就会无事可做，只能一把鼻涕一把眼泪地整理主子的档案吧。"

8

阿萨奇提高嗓门，再次要求大家安静下来。马格雷里第一个发言，然而他的声音却几乎压不住依旧此起彼落的窃窃私语声。每个人都知道，最重要的消息不是大厅中央的演讲，而是角落的交谈。

真相是秘密，而秘密只能耳语。

"我们十年前第一次聚会的时候，只有五个人出席。奎格是其中一个，这次却缺席了。当时大家同意把我们这一行的最高艺术称为'密室案'。不过这种犯罪手法已经过时，时至今日，早已引不起大家的兴趣。我们没忘记密室案曾带给我们的光荣和名望，我想在我们极致挑战的名单里，增加连续杀人案这种类型。"

劳森插嘴：

"马格雷里，我当年也有参加聚会，我可没料到咱们要改变费尽千辛万苦才建立起的十二神探俱乐部的东西。我们建立了秩序、正统、门规；如果改变其中一项，最后全部都会瓦解。"

"别这样，劳森。"卡斯特维堤亚的声音响起。他没站起来，而坐在椅子上讲话，让挑衅的意味更浓厚。"这是因为'伦敦开膛手案'发生后，您就再也不想听到'连续杀人案'这个词。"

接下来几秒，现场一片死寂。我们都知道这对劳森是个很敏感的话题，但是卡斯特维堤亚却故意提起——他过去差点儿毁了劳森的名声，我们感觉十二神探俱乐部在这瞬间仿佛就要分崩离析。有什么组织、什么俱乐部，能压制劳森眼中的恨意和卡斯特维堤亚言语之间流露的轻蔑？十二神探俱乐部就像许多其他的组织一样，即使大家距离遥远，靠着寄送报道和信件往返也能维持运作。只要约定好下次的聚会、透过越洋信件传达握手、拥抱等问候，组织就能好好维持。不过像现在这样，大家面对面，十二神探俱乐部的不堪一击便赤裸裸地暴露出来。

大伙都知道劳森曾跟苏格兰场合作，调查开膛手杰克那臭名远播的连续杀人案，而就算是二十年过后的今天，依旧没被大家淡忘（不必在蜡像馆里摆尊疑似凶手的蜡像）。可是任他再怎么鞠躬尽瘁，却从未帮上警方的忙。虽然嫌疑犯很多，但全都看起来不像是能犯下如此大胆且残暴凶案的人。

卡勒·劳森和自己的跟班交换一记眼神，随即闭嘴，仿佛听从印度人的话。他为什么要闭嘴？为什么不反击？大家都明白，卡勒·劳森若安静不语，是因为他握有让荷兰同行措手不及的意外惊喜。后来我才知道，我就是他袖子里的那张王牌。

阿萨奇开口：

"我认为没理由排拒连续杀人案。连续杀人案和密室案都很完美。密室凶杀案发生在一定的空间内，却蕴含各种意义，表面看似偶然的任何一个元素，都可能是串起证据的环节：一个烟盒、一支钥匙、一张撕成碎片的信纸，或者是绳子上脱落的细丝，比如卡斯特维堤亚在第一场聚会谈到的案子。连续杀人案则不同，作案的范围可能遍及整座城市，尸体可能在各处接连出现，扩散到全国各地，甚至是世界各个角落。不过线索的关联性有限，必须摸索出凶手因个人癖好或故作聪明而创的一套模式。犯罪现场小的话，

可能的犯案手法就很多；犯罪现场范围大，可能的犯案手法就很少。我提议大家可以从现在开始考虑一下这两种不同的差异，我们不要小看面对连续凶杀案以及著名的密室案时，侦探所表现出的的聪明才智。"

"那么阿萨奇，您对这次的连续杀人案有何看法？"一抹嗓音粗声质问。又矮又壮的马多拉奇斯站出来发言。他抽着雪茄，穿着磨损不堪的普通外套，一只不离身的破皮箱用绳子捆绑（拉链坏了），里面露出发黄的文件、解体的书籍以及缝补过的手套。在四周衣冠楚楚的诸位绅士围绕下，他就像个街头摊贩。阿萨奇比希腊侦探还要高出两个头。

"您是指哪起连续杀人案？"

"我是指路易·达朋，还有您亲手送上断头台的朋友索雷的案子。"

一阵惊呼响起。在场有好几个人并不知道机械馆焚尸案的受害者身份。

"那不是连续杀人案。真正的连续杀人案，是凶手想要实现内心报复的渴望，或是某个童年回忆的场景，他借着犯下凶杀案重现那幅理想化的场景。这次的案子完全不是这样。"

马多拉奇斯笑道：

"那真是地道的柏拉图主义理想化境界，我还以为您早想把理想化赶出犯罪调查了。凶手想重现的，并不是什么最初的、既定的场景。凶手一刚开始犯案，多少是出于偶然，直到他找到对他来说有特殊意义的元素，接下来的犯罪，他才会想要重现这个元素，如此一来，如果说真有什么既定的模式，在连续杀人案刚开始时是不存在的，而是到后来才出现。"

阿萨奇仗着自己高大带来的压迫感，挑衅地向他靠过去。马多拉奇斯并没有因此被吓退。

"别以为故意拿您信奉的那套哲学能吓倒我。您那是用在命案里的柏拉图的'第三人论证'①。您认为一件件命案出现的相似点，让凶手多多少少摸出一种模式，而他心中想完整呈现的那种真正完美的命案其实是不存在的，所以……"

马多拉奇斯打断他的话：

"所以过去的记录告诉我们，他们这些真正的杀人凶手会不

_____

① 译注：古希腊哲学家柏拉图在《巴曼尼得斯篇》中借巴曼尼得斯之口，对自己早期的"理型论"有一番批判，后来亚里士多德称之为"第三人论证"（The Third Man Argument）。简单地说，理型论主张：两个不同的东西同时具有一个相同的性质X，那就表示还存在有一个X理型，这两个东西共同参与并分享了X理型。巴曼尼得斯则反驳，理型论要解释两个不同的东西为什么相似，必须要有第三者出现。例如要解释漂亮的石头和漂亮的椅子之所以都是"漂亮的"，必须要有一个"漂亮的"理型来解释。然而，"漂亮的"理型本身为什么是漂亮的，也需要另一个"漂亮的＋"理型来解释……于是产生了无穷后退的第三人论证。阿萨奇批评马多拉奇斯所说，凶手想要不断重现的元素，就像是被喻为"第三人"的理型，没完没了，推论不出结果。

停犯案，除非有人逮住他们。"

"那么，这种不照牌理出牌、没有特别目的的命案，就叫连续杀人案？"

马多拉奇斯露出一副神秘兮兮的模样。

"等到第三起命案发生，您就看得出这是连续杀人案了。"

"马多拉奇斯！您就像个预言未来的算命师！您刚才大谈哲学，现在又换成神谕？谁听得懂您的话啊？"

"阿萨奇，我有把握您就是听得懂。"

阿萨奇和马多拉奇斯不是仇敌，不过他们彼此怒视的模样，好像真有那么一回事。到底是什么东西，让昔日同袍之情全都烟消云散？是博览会的电力？让人类继续夜生活的数以千计电灯吗？阿萨奇似乎对希腊侦探的敌意感到诧异。他不怕对付卡勒·劳森或卡斯特维堤亚，或者跟老朋友马格雷里大声争吵，但是马多拉奇斯闹脾气，让他不知所措。

我掏出口袋里的表，瞄了一眼时间。辩论还在进行，不过我得先离开了。我穿过跟班们，他们全神贯注在主子们越来越激烈的辩论上，所以没人注意到我离开。只有印第安助手点了点头对我示意。然后我经过假装没看见我的涅斯卡。

9

尽管不会有人跟踪我，但走在暗夜里，每两步我还是会回头望一下，像个密谋叛乱者。夜已深，这个时刻，我们不会再注意时间，在街上擦肩而过的人不是兴奋过了头，就是一脸悲伤到极点。我心不在焉，差儿点被一辆车碾过；我听到一声辱骂，但出于某种奇妙的幻听，让我觉得出声的是马匹而不是车夫。叫骂的嗓音低沉，语调具说服力，让人忍不住同意他说的没错。应该要学学马匹，永远睁大眼睛。

我抵达剧院时，最后一批观众正离开表演厅。不管是歌剧或是任何一出戏剧表演，故事是轻松还是沉重，同样的现象都一再出现：最先离开表演厅的观众会边聊边笑，他们急着离开虚幻的世界，重新回到祥和的现实世界。最后离开的就不同了，他们等到清场人员来赶人、灯光熄灭、掌声过后的寂静完全笼罩，才愿意离开。这样子离开的人，他们的心神会一直留在那场表演的虚幻世界里。所以这些最后才走的观众都沉默不语，他们因为离开美人鱼的岛屿而感到伤心难过。他们已经不知道外面是否还有容身之地，在现实的人生里，没有对号入座的门票。

　　我照着字条上的指示绕到侧门，没敲门便进去。迎面可看到满是灰尘的布景、混凝纸浆雕像、其他戏剧使用的武器和道具。我不禁想起了遭杀害的魔术师进行表演的维多利亚剧院；我心想，所有的剧院差不多都一样吧，仿佛建筑师设计了数不清的角落，让大家知道，光是舞台上的一幕，就需要数以百计的木头机关、飞蛾蛀蚀的布幕，以及结满蜘蛛网的服饰。

　　我循着一个女人的歌声，沿着走廊前进。她的歌声如此甜美，让我不由得想停下脚步，以免破坏这种愉悦的气氛。我去过剧院两次，还参加过一次音乐会，而这三次我都逃不过瞌睡虫的侵袭。我比较喜欢那种突如其来、偶然间听到的音乐，或是能让人浑然忘我的音乐。

　　我的脚步声轻轻盖过了女人的歌声，我来到她的门前，看了一眼门上的名字：美人鱼。歌声已经停止。她开了门，露出紧张的微笑，探身到黑漆漆的走廊，看看有没有人跟踪我。她穿着人鱼的绿色道具服，头发涂抹了某种油，发丝闪耀着水一般的光泽。

　　"照片带来了没？"

　　我原本期待的是一声招呼，一次开心的聊天，而不是一句命令式的要求。我要是交出照片，就等于失去了力量。我拿出照片，但没马上放开，她得稍微用力一抽才拿得到。我的手居然不经大脑就做出这种动作，真觉得有点儿不好意思。美人鱼看着照片，想确定是不是自己在找的那一张，她将照片翻过来，读着背面留下的字迹：

我梦见了人鱼优游的洞穴

她再三细瞧她的绿色笔迹，仿佛那是难以解读的奥秘信息。

"阿萨奇知道这张明信片吗？"

"不知道。"我扯谎。

"您真是个正人君子，把照片还给我吧，您做得很好。我会永远感激您的大恩大德。"

"我不是什么正人君子。正人君子是不会偷照片的。"

"为什么要偷照片？难道您以为这张照片能破案？"

"不。我也不知道为什么要偷走照片。在这之前，我从来没偷过东西。"

"我可不相信。这不会是第一次。我们一定之前就犯过小错，才会铸下后来的大错。"

美人鱼才刚说完，我就想起一个小过失：这趟旅行的两个月前，我走进奎格家厨房，发现木桌上堆了一叠奎格太太的衣服，才刚收进来，还留有太阳晒过的温暖。我没偷衣服，不过倒是摸了几秒钟，直到听见厨娘的脚步声。要是有人撞见，我会怎么解释？我担心

的不只是因为这是最为可耻、禁忌的举动，而是比起我说的话、我的亲切，这个举动更为真实。

美人鱼的声音将我从不由自主的回忆旋涡里拉了回来：

"您不会把我们的对话告诉阿萨奇吧？"

"不会。"

"最好不要告诉他。请记住，我为阿萨奇工作，但是也不会每件事都据实以报。阿萨奇不会知道该怎么处理我遇到的事情的。他派我潜到水里的洞穴追查淹没的线索、沉船受损的碎块。"

"他派您调查葛利亚雷？"

"阿萨奇手下有自己的密探。不过他有时候却不太信任我们这。他认为杀掉达朋的人是葛利亚雷。"

"不是他吗？"

"不是。"

我感觉她的手抚上我的手臂。

"过来有光线的地方。您的靴子闪闪发亮！这是阿根廷皮革吗？"

"是。不过不是因为这样才发亮的。我是用我父亲特制的鞋油擦过，才有这种效果。"

"外面在下雨，可是您的靴子还是亮晶晶的。"

"我父亲说这种鞋油也能治疗伤口。"

“如果我也有一瓶，应该很不错。”

“等我回国再寄一瓶给您。您有没有黑鞋？”

“没有。可是我会买一双，或者看哪儿有伤口，来试试鞋油的功效。”

化妆间传来嘎吱声。有个衣架上挂满了衣服，堆成小山似的难看模样。有那么一瞬间，我以为舞伶设下了陷阱，因为后面显然藏了人。

“可以出来了。”美人鱼说。

我以为是哪个秘密情人，或许是葛利亚雷，甚至还联想到阿萨奇，不过出来的人是葛蕾塔。怒气和松了口气的感觉同时在内心翻腾。

“这些剧院就像座迷宫。她能帮您找到出口。”

我暗暗惋惜这犹如表演秀的见面这么快就结束了。我就快变成想留到最后才离开的观众。美人鱼关上了化妆间的门。葛蕾塔和我一起离开，起先我们都没有开口。

“他们需要女舞伶吗？试试新工作也不错。我想你跟在卡斯特维堤亚身边当助手的日子不会太久。”

她的声音听来一派轻松：

“侦探们还有更重要的事情要忙。卡斯特维堤亚的秘密不是太紧急的问题。”

"卡勒·劳森迟早会找上他。"

"卡斯特维堤亚并没有把卡勒·劳森或是他的印度助手放在眼里。他既然打败过他，还会再打败他的。他担心的是阿萨奇。"

"为什么要担心阿萨奇？"

"他不愿意告诉我原因。但是他曾在梦呓里提过。"

我想葛蕾塔可能后悔说出这件事。我不敢问为什么她知道卡斯特维堤亚做梦说了些什么。她曾暗中前往努曼西亚旅馆秘密赴约，还是他去看望她？

我们走到了旅馆附近，不过两人之间保持一定距离，因为侦探们聚在门口聊天。跟班们则准备回涅卡旅馆。

"你为什么去找美人鱼？"

"我想问她'预言成真案'。"

"那是桩陈年旧案了。"

"是悬案。卡斯特维堤亚认为葛利亚雷是该案真正的主谋，虽然阿萨奇派美人鱼接近他，却找不到什么证据。或许美人鱼在这件案子里包庇他吧。或许她到现在都还在包庇那个家伙。"

"她告诉你什么？"

"没什么重要的事情。她跟我谈阿萨奇，然后唱了一首歌；她在他们俩认识的那晚也唱过这首歌。我以为唱完歌，她就愿意开口，可是却被打断了。"

"被什么打断？"

"被一个蠢蛋的脚步声！"

此刻，葛蕾塔的眼神飘向侦探和已经消失在黑夜里的助手们的身影。

"这是你第一次看到他们？"

"不是。我已经来过这里。我喜欢观察他们，想象自己进入跟班圈的那天。我要是能进去，也等于是我父亲能进去。"

我没对她的幻想多做评论。我又有什么资格告诉她，在梦想跟现实之间，什么可能、什么不可能呢？葛蕾塔往前踏了一步，街灯照亮了她的身影，但她脸上闪耀着光彩，仿佛是她照亮了街灯。那是一张站在橱窗外盯着遥不可及的玩具、眼神发亮的小女孩脸庞。

10

隔天早上十点，我又来到剧院前。有些跟班跟着我来了，他们的主子也是，包括马格雷里、赫特及罗荷。萨卡拉随后也到了，他戴着一顶过于凸显水手特质的帽子，正在抱怨应该到场的贝尼托

还呼呼大睡。有个警察想要拦下我们这群人，但习惯对付意大利警察的马格雷里，三两下就赶走了他。他吐出一串难以理解的词汇，不停举起食指作势，说他跟高官有着深厚的友谊，要对方让路。随后他跟我们解释：

"对付警察时，一定要出示某种证件。这些人非常注重白纸黑字写清楚的东西。"

巴西丹探长看到一群侦探闯入大厅，爬上通往舞台的楼梯，脸色立即刷白。我像个机器人似的跟着侦探们迫不及待的兴奋的脚步。他们已经将争吵抛到脑后，再度团结在一起，因为现在这桩凶杀案，让他们察觉到黑暗的呼唤，记起自己的使命。

"表演已经取消了。"探长说，"我们不需要演员。"

不过他阻止不了侦探。他们像个合唱团般将他团团包围，大家一起开口问他话，夹杂着赞赏和恭维，并想以此分散他的注意力。舞台上，有个仿冰穴的大型玻璃块，美人鱼的身体就沉在中央的一个圆形湖泊里。那头乌黑的发丝漂浮在身体附近。水面上的血迹呈条状散开，仿佛大理石上的纹路。她的双眼紧闭，嘴唇呈紫黑色，犹如死亡之吻留下的痕迹。我的视线溜过她，并未感到伤心或是害怕，现在眼前残酷的一幕，跟我前晚交谈过、光彩耀眼的女孩仿佛毫无相干。我还闻得到化妆间混合的香水味。我看了一眼摸过照片的双手，自问：莫非是那张照片让她魂断冰雪国度？

警长应付不了侦探们，不过仍试图保持最后一丝威严，他板起脸，命人将尸体捞出那个冰冷的世界。四名警察弯下腰，卷起袖子，将手伸进水里。他们分别抓住尸体的双手和脚踝，动作粗鲁地往上抬。沉在水里的美人鱼美丽依旧，可以想象她那身绿色戏服、身处的洞穴以及她的艺名，都是为了睡在水底这完美的一幕所精心策划。但是当她被捞出水面时，头发油亮黏腻，四肢像是摔坏的娃娃一样无力垂下，好像在说，她已经香消玉殒，不再是一条美人鱼；巴西丹警长同情地拿出手帕，弯下身替她擦净脸庞、头发，擦掉油渍和血渍，露出她惨白的双唇。

一捞出美人鱼，她那血迹斑斑的颈背便露了出来；我不自觉地往前一步，差点儿掉进水里。刚刚才赶到的贝尼托，连衬衫扣子都来不及扣上，及时拉了我一把。

"怎么了？你认识她？"

我费了好大的劲儿，才终于开口：

"不认识。"

"那阿萨奇呢？"马格雷里问，"他上哪儿去了？"

警长不耐烦地回答了他的问题：

"他是第一个到的。我实在很讨厌他那副高傲的模样，打算要赶走他，不过幸好不必多费工夫。他一个人走了。他乍见尸体就大步离去，好像有什么急事待办。这件案子跟各位没什么关系，

所以请容我要求你们离开。世界博览会正等着各位！"

"当然跟我们有关。"赫特说，"这个女人是阿萨奇的情人呐！"

巴西丹警长想开口说些什么，不过却挤不出一丝声音。刚擦过美人鱼脸庞的手帕从他手中滑落。或许他的脑子里正想着所有派去跟踪阿萨奇的探员，想着堆在办公桌上的报告，想着跟所有线民买来的无用数据，这一切都没提到阿萨奇情人的名字。

萨卡拉不太高兴地嘟哝着，他不想让警察知道阿萨奇的秘密。赫特发现自己说漏嘴，于是试着想撇清：

"怎么了？我们每个人都知道啊，所以一听到消息，大家就赶过来了。"

巴多内在胸前比画了一个十字，动作飞快，以免被其他人发现。我也跟着他做了同样的动作，没有半点儿不好意思：虽然侦探讲求实证，但我们跟班可以有宗教信仰。我蹲在尸体旁几秒，捡起巴西丹警长掉落的手帕。我低声念出两次主祷文：一次为美人鱼的灵魂；另一次则是因为警长没发现我偷走手帕的动作。

马多拉奇斯往前一步，在尸体旁弯下腰。他伸出一只手指碰触美人鱼油腻腻的头发。

"先是阿萨奇的宿敌达朋，接着是被阿萨奇送上断头台的索雷，现在则是阿萨奇的情人，这个扮成美人鱼的女孩。波兰神探，终于碰上了他的连续杀人案。"

第五部　第四条门规

1

美人鱼命案发生后的接下来几天，阿萨奇仿佛人间蒸发。我心里明白他肯定是无法接受女孩横尸的画面，不得不离开一阵子。他应该是从警察那里的线民接到通知，赶到剧院，目睹了美人鱼泡在水里的尸体，接着没说半句话就消失无踪。几个小时后，侦探们已经开始不安，他们此刻聚在努曼西亚旅馆的大厅里，正进行永无止境的秘密会议。卡勒·劳森要我守在阿萨奇的书房里，以免他忽然出现。

阿萨奇的失踪比谋杀案还叫人不安。第二天博览会高层的代表开始陆续上门，我把所有的紧急通知都井井有条地收在一个纸盒里。我窥见了阿萨奇真实生活中较私人的一面，像是他来往的人、成堆的繁重工作；随着他不告而别，这个原本不为人知的世界赤裸裸地摊在阳光底下。绝望的女人、欠他一条命的男人、遭诬告而入狱的犯人妻子、贩卖秘密的线民，都来到了办公室。我一概沉住气尽快打发他们：

"阿萨奇先生随时会回来。"

我累到不想再等，于是出门找他。我先跑遍侦探经常光顾的酒吧，再从线民那儿套出其他更秘密的地点，接着离开饮酒作乐的场所，上鸦片馆找人。我问得越多，就觉得阿萨奇越像陌生人；我担心的不是找不到他，而是他到处留下踪影：阿萨奇跟一个匈牙利人吵架，阿萨奇殴打一个女人，阿萨奇抢了一个中国厨师的刀子，那面墙上的污渍是他的杰作。一个有鸦片瘾的瞎子，翻着白眼告诉我：

"阿萨奇已经死了，您就是凶手。"

如果我想进去里面的房间瞧瞧，就得先尝他们给我的玩意儿；所以追查的地点越堕落，我就越陷越深。起先是酒精饮料，接下来是用神秘蒸馏器现场调配的烈酒，让我遗忘乏味人生的假苦艾酒，最后则是让我忘掉一切的鸦片。短短几天，我的盘缠已经用尽，而阿萨奇付我的薪水都花在了寻人之旅中。

在这场宛若朝圣的寻人过程中，我发现所有打听到的阿萨奇消息，都是随便胡诌的。有个女人在我耳边喃喃说道，阿萨奇投宿在市郊一处声名狼藉的房屋里；当我到那栋屋子时，有个喝得醉醺醺、上了年纪的马赛人，拿把刀朝我捅来。我当场夺门而出，但是第二天又折回去问阿萨奇的下落。他们回答我：

"他昨晚在这里，一个马赛人拿刀攻击他。"

于是我决定先振作起来，我一整天关在房间里，滴酒不沾。没有任何证据显示阿萨奇还沉浸在忧伤里，他可能正暗中工作，

回头追查旧线索。到了傍晚，我已经恢复神智，决定登门造访葛
利亚雷。他亲自开门，身穿一袭黑色长衣。我便问他自己是否打
断了什么。

"喔，我的朋友，偷照片的贼。请原谅我这么说，因为我已
经没照片了。"

"真不好意思。我把照片还给主人了。"

"我才是主人。现在您有何贵干？"

"我想问阿萨奇的下落。"

"阿萨奇？听说他走了，失踪了，还听说他死了。"

"他没来找您？"

"我没那个荣幸。"

"美人鱼是阿萨奇的情人。"我告诉他，口气有些挑衅。他
脸色没变。

"我早就知道了。她也是我的情人。阿萨奇先派她来调查我。
现在轮您出马。"

"我是自愿过来的。"

葛利亚雷哈哈大笑。

"我们越相信是依自己的意志行动，越是被一股陌生的力量
所控制。进来吧！我们算是朋友了。"

客厅里有其他三名男子。我认出伊瑟像鸟一般的身影。他点

点头打招呼，显然还记得我。钢琴旁边有个身穿神父服饰的男子，他有张稚气的圆脸，没有半点胡茬。另一名男子年纪看起来更轻，他穿着白衬衫，领子没扣，眼神像结核病患者那样不安。

"我们这几个达朋的眼中钉，全聚在这里了。您已经认识伊瑟，其他两位是德摩林斯神父和诗人维岚多。德摩林斯神父因为涉猎巫术，遭耶稣会教士逐出教会，但是他不服这个判决，所以还继续穿着神父服饰。"

德摩林斯开口发言，他的嗓音尖细。

"教皇应该重回亚维农。今日我们的教廷不再是基石，不再是座大教堂，不再是所有大教堂藏身的方舟。我们的教廷是无法通往任何地方的一座断桥。"

"德摩林斯很固执，他觉得要写出这些东西。他一开始是担任教廷图书馆的总馆长，工作是烧掉不恰当的书籍；最近他已经远离火，转而投向文学。年轻的维岚多刚好相反，他属于作家维里耶伯爵（Villiers）和于斯曼（Huysmans）的社交圈，但现在他每晚作诗，完成之后直接烧掉。他希望诗只留在从未谋面的上帝心里。"

葛利亚雷停顿下来。大伙看了我一眼，他们四人其实很享受被圈外人打量的感觉：这些人终其一生都在构筑秘密，现在透过自己的脸、夸张的服饰、密谋者的动作，企图表达自己噤口不谈

的东西有多么重要。

"我们这些基督秘密教义的门徒，是进步、铁塔和博览会的敌人，"葛利亚雷继续说道，"但我们并没有达朋认为的那么危险，您不觉得吗？"

他对我指着一张空椅子。我跟大家一样坐了下来。他们很快端给我一杯添加了香料的酒。

"我们反对博览会。至少达朋并没有猜错这一点。"葛利亚雷说。

"为什么要反对？"

"因为我们相信世界因秘密而存在。长久以来，巴黎一直是所有奥秘学派知识的庇护所。现在大家却让这座城市成为焦点。电灯、实证主义、博览会、铁塔，都是同一种东西的不同面相。科学不再只是集合答案，而是铲除问题。"

我把酒一口气灌下。我不是天生的酒徒，但喜欢这酒甜腻的滋味、肉桂的香气，还有其他混在一起、我说不出名字的味道；葛利亚雷见水晶杯见底，又倒满酒。

"多年来，基督教徒、反基督教徒以及其他教派教徒，和我们都是对立的。但是现在却全都团结在一起。现在我们有个共同的敌人。实证主义想要剖析、解释一切，这是当代的一种病症。铁塔可俯瞰全市、博览会欲展示所有物品，这些都在代表这个世界再也没有任何秘密。而你们的侦探居然还帮助那些建筑商、科学家，他们不知道自己之所以存在，是因为世上有秘密。当秘密消失，他们也会不复存在。"

伊瑟挪动他那像鸟一般的身躯，靠近我：

"葛利亚雷说得没错，侦探们是最可笑的，竟然相信万物皆可解释。他们没救了。除了阿萨奇之外，他们都没救了。"

"为什么阿萨奇除外？"

"因为他是波兰人。"伊瑟说，"因为他还相信上帝，虽然他极力掩饰。因为他相信黑暗的力量跟理性有其底限。但是他内心的交战，最后会毁了他。他自认是个理性主义者，物质主义信徒，但实际上却是基督的战士。"

我感觉酒精开始让自己头昏脑涨。有那么几秒，我害怕喝下肚的是什么巫术草药。我试着想控制嘴里不听使唤的字句，慢慢地把想说的话译成法文：

"达朋在调查各位。他知道你们想利用铁塔来传布信仰。"

葛利亚雷讥讽地笑道：

"传布？您以为我们是记者吗？"他用极为轻鄙的语气说。"我们是想尽办法要藏匿自身的信仰。基督向天下众生讲道，可是他的真正信息是个秘密。我们都是这则信息的接收者，然后根据自己的规则传播出去。就算电灯照亮世界也没关系，灯光越多，

阴影就越多。我们会躲在最黑暗的角落。"

我想要击溃葛利亚雷高高在上的模样，我想要再让他坐困于指控、证据和不在场证明的牢笼里。我猛然问他：

"您最后一次看到美人鱼是什么时候？"

葛利亚雷站了起来。我以为他觉得受到冒犯，此刻就要将我扫地出门。可是，他却用我这辈子听过最为悲伤的语调回答：

"如果真能那样就好了。多希望我不再看到她。但她从来没离开过我的身边。我一走到窗边，就感觉她的倩影似乎就要出现。"

"您杀了她？"

"我？我为什么要杀她？"

"因为嫉妒阿萨奇。因为她替阿萨奇工作。"

"美人鱼是受到一个未知世界的召唤，这是美人鱼死去的原因。"

葛利亚雷的嗓音转而哽咽，他丢下我们，走到一扇窗边；德摩林斯神父垂下眼，竖耳细听，但没有插嘴。犹如结核病患的诗人睁着一双泪汪汪的大眼直直地盯着我。他似乎想跟我说什么，于是举起手，仿佛我们是在课堂上等待老师的允许，不过他随即后悔，放下了手。看来，他烧掉稿子这件事是真的，因为他的指尖可以看到水泡和伤疤。

伊瑟盯着我看，有如利爪紧紧地抓住手臂。

"我们的内心都充满黑暗，我们的仪式会让自己痛苦一辈子，有时甚至迷失自我。我们前辈的自杀比率，比起普通人还高。杜波德男爵（Dupotet）曾写过，所谓死亡，最幸福的莫过于瞬间断气、被教会赐死。但可别以为你们那些侦探的内心就充满光明。就连他们自己也不知不觉在冒险当中，追求着造成传说的一种死亡。他们那些没有意义的冒险不是不胜枚举？这也算是另一种尝试，为了超越那条线。"

"哪条线？"

"区隔他们和杀人犯的线。"伊瑟说。

葛利亚雷站在窗边喊我。于是我利用这机会逃离伊瑟锐利的目光。

"您以为您在找阿萨奇？我想是阿萨奇在跟踪您吧。过来这里！"

我透过玻璃看到一个男人正寻找暗处藏身。他盯着这栋书屋，不敢进来。他披头散发，好几天没换衣服也没刮胡子。这名代表理性的男子居然变成不知何去何从的疯子，犹豫一阵后，又躲回到暗处。我背后的一面墙壁上，有黑色墨水写下的话：

我个性阴郁，是鳏夫，是伤心的人，

是躲藏在颓圮塔楼里的阿基坦王子。

我既高兴又失望，我很高兴找到了他，我希望这段时间里，阿萨奇都在倾力解开所有的谜案。然而下面这个笨手笨脚，满脸忧愁的男人，似乎连自己人在何处都搞不清楚。

当我来到大街上，张开双臂想欢迎他，却已经不见他的踪影。

2

已经 5 月 2 日了，再过三天就是开幕典礼。努曼西亚旅馆来往的旅客不断，很多人已经提前参观过博览会——欧洲王室的密使、认为自己参与了未来的工程师、寻找灵感的发明家。多亏有通行证和许可证，他们能乘坐来往会场的货车，恣意逛遍大型展览馆，爬上空荡荡的铁塔，累得筋疲力尽。不过这项优待即将结束，民众也能亲眼目睹奇珍异品的那天即将到来。对他们而言，这是个接近道别的时刻。他们怀着对未来的憧憬来到这里，但在他们眼里，此时的博览会已经像个了无新意的游园会、重复同样表演的马戏团，只是个未来的复制品。

当我抵达努曼西亚旅馆，卡勒·劳森的助手谭大维告诉我：

"大家都在等您。"

"等我？"

"要是您没来，今天的座谈铁定开天窗。"

"为什么需要我？我只不过是个区区的小跟班。"

"因为阿萨奇不在，您就得出席。您要替他观看和聆听。"

"也要替他发言？"

印度助手那双细长的大眼瞄了我一下，语气既严肃又暧昧，像是知道人不但要精明，也要装糊涂：

"只要时候到了，大家自然都会知道何时该发言，何时该安静。"

我踏进地下展览厅。卡勒·劳森霸占了阿萨奇的位置。他看起来很高兴能居于全场中心，但又有点儿不好意思，像个临时上场的候补演员，经过几个月的等待竟发现自己在台上忘词。此刻，美人鱼香消玉殒，谜案依旧未解，玻璃橱窗内的展示品仿佛是过时且派不上用场的器具。只有阿萨奇在场，才能赋予这些东西意义。我的视线搜寻着奎格的手杖，但是位置上只有一张注明名称和用途的标签。波兰侦探把武器带走了，他人在哪里，东西就在哪里。

卡勒·劳森拍拍手，要大家注意，他想要开场，喉咙却发不出一点儿声音，他干咳一声，等着谭大维的眼神，最后他终于开口，但是得压过角落里不停的私语声：

"我们不知道维克多·阿萨奇上哪儿去了，所以就不等他了。

我要大家记住，除非他有好理由，否则我们可以把他的缺席当作藐视门规。"

马格雷里插嘴：

"别这样，劳森！我们要懂得尊重阿萨奇的痛苦。现在不是谈什么门不门规的时候。"

"听说有人看到他在一间教堂里。"诺瓦利乌斯有点儿怯生生地说。

"我也听说他在铁塔上，探出身子，准备往下跳。"西班牙神探罗荷接腔。

"贝尼托告诉我，有人看到他至少出现在七个不同的地方。"萨卡拉说，"都是一派胡言啦。"

卡斯特维堤亚开口了：

"他可能都没出现在这些地方。伟大的人就是这样不见踪影的，不止一个地方看不到他们，而是到处都看不到他们。"

卡勒·劳森一见四周提起阿萨奇的声音越来越多，遂想转移话题，仿佛一直提起他，最后会变成对他歌功颂德。

"名单上排第一个发言的是马多拉奇斯。"

矮壮的希腊侦探站了出来。

"这场座谈会是为世界博览会而举行。阿萨奇说过：在我们想要经由小小的展览、座谈会、刊登我们思想的刊物，来展示我们的智慧结晶的同时，凶手也会想借机犯案以展示他的艺术。所以这个地点、这个时间点，才会发生三起命案。虽然案子之间看似无关，却串成一桩连续杀人案。"

"只有两起吧。"劳森打断他的话。

"我们遇到的是故意留下线索的歹徒，应该把焚尸当作是连续案件中的第二起。所以我说发生三起，而接下来还会再发生一起。"

"第四起？"

"而且案发时间会是开幕当天。每起命案间隔一个礼拜，离下次只剩一点点时间。"

萨卡拉问：

"既然您看上去胸有成竹了，那凶手是谁？"

"凶手是个迷恋十二神探的家伙，尤其对阿萨奇情有独钟。三名死者都跟他有关：他的敌手、受害者（阿萨奇亲手将那个叫索雷的家伙送上断头台），还有他的情人。"

"侦探们的私生活……"马格雷里开始说道。

"……结束于命案发生的那一刻。"他伸出手指搜寻在场的人，最后指向我。"我会注意这个小伙子的人身安全，因为他应该是让凶案画下句号的最后目标。"

忽然间，所有人的目光都集中在我身上，既惊讶又同情，显然大多数的侦探都没注意到我的存在。

"为什么会有第四起？"萨卡拉想知道，"这第四是哪里来的？"

卡斯特维堤亚赶紧解释：

"当然是从四元素来的。"

马多拉奇斯不喜欢有人抢他的话。他轻蔑地瞅了卡斯特维堤亚一眼。再也没有其他侦探比他们两个还要悬殊：希腊侦探一身褴褛的草莽气息对上荷兰侦探装模作样的高雅姿态。

"卡斯特维堤亚说得没错。或许凶手是刚好挑上这个犯案的规则。他挑的是遭焚尸的索雷偷的《四元素》画作。每个受害者都和其中一种元素有关。索雷是火，女孩是水，至于达朋嘛……"

"土地！"罗荷惊叫，仿佛他就是罗德里哥。[1]"他就是撞到地上才死的。"

萨卡拉浇了西班牙侦探一桶冷水：

"这不是唯一的可能性。在凶手看来，他的死法可能算从空中摔落。"

现场各有支持的声音。最后马多拉奇斯拉高他粗哑的嗓音，压过大家的七嘴八舌：

---

① 译注：Rodrigo de Triana, 1469-？，西班牙水手。他是哥伦布发现美洲大陆的首航水手之一。据记载，他看到美洲出现时曾大喊："土地！土地！"他是继维京人之后，第一个看到美洲大陆的欧洲人。

"我投'土地'一票，不过我们不知道凶手到底怎么想。所以我提议，开幕那天大家要仔细留意所有关于土地和空气的东西。我跑了会场一趟，查过节目表，找到可能会吸引凶手的两种元素。一个是会经过博览会会场上空的热气球。另外一个是入口处的一个大型地球模型。凶手可能把我们的地球算作土地元素。"

"说到土地，"萨卡拉说，"我看到阿根廷馆布置了一个装满泥土的大型玻璃槽，观众可以将手伸进去，见识彭巴草原沃土的美妙，体验蚯蚓的存在。"

"我真想不透谁会体验这么恶心的东西。"卡斯特维堤亚说。他的视线停在我的身上，好像只因为身为阿根廷人，就等于那件令人憎恶的事我也有份儿。

卡勒·劳森决定重新掌控座谈会。

"我们把阿根廷的泥土也列入我们的嫌疑名单吧。现在只剩下决定谁要在哪个地点站岗，不过不必现在就分配好。既然已经讲完命案的部分，我们来谈重要的大事吧。来谈谈奎格。"

3

卡勒·劳森吐出奎格这个名字时，并未刻意提高嗓音，但这个名字就如同一记响雷，如同一声收不回的叫声。不知道为什么，我往后退了一步，我想再退一步，却撞到了仿佛站在那边监视我的谭大维。

此刻现场一片肃静，因为大家都想知道，奎格跟这件距他千里之遥的意外有什么关系。

"接下来的话是要保护我们这一行，请大家不要误会我是在攻击奎格。一直以来，从我们这一行开始的那个灰暗年代（有些人认为是源起中国，那里也是神秘事物的源头），只要我们吐出侦探这个字眼，就会顺带提起另一个字眼，助手，或者是奎格命名的跟班。就算我们不去看我们的助手，他们仍静静跟在我们身旁。有时推理让我们濒临疯狂，但是我们的跟班，却能用叙述让我们看清真相。对我们来说，有些助手就像指引的灯塔：比方说我赤胆忠诚的谭大维，或者像是伴随阿萨奇走过侦探生涯黄金岁月的老谭纳——可惜那段辉煌的日子已经结束。连巴多内也是，虽然他老是做不到这一行要求的低调。他们的叙述，有时谨慎有条理，有时过于琐碎，但都能让我们记得一般人的看法，采用不同的思考角度，放胆去做我们的三段论法，挖掘出意想不到的东西。"

跟班们不知不觉靠近会场中央，为这么感性地提到他们的一番话佩服不已。英国神探继续发言：

"然而，奎格并不这样认为。他想要特立独行。他想开拓一条新的路：独自调查，亲自讲述自己的故事。他既想要当耶稣，又同时想要当四使徒。[①]如今，我们听到他被指控撒谎、虐待、杀人的消息。他的最后一起命案，应该是集合了他的智能精华来侦办，案情扑朔迷离，充满无法解释的事情，奎格自己也不愿交代清楚。一旦他是凶手的事实成立，我们便能肯定他的行为威胁了我们信奉的一切。假使能随意虐待、私下处以极刑的话，还有谁会费心追查线索？"

卡勒·劳森让问题回荡在空气中。我紧咬着舌头，以免打断他的话，跟班是不准发言的。阿萨奇一定能让他哑口无言，不过他没出席，劳森则趁机装出一副老大的姿态讲话。卡斯特维堤亚心不在焉地听着，同时盯着涂了蔻丹的指甲；其他人则茫茫然，不知该怎么反应。企业家、罪犯、警长，都说过侦探的各种坏话，但是侦探控诉自己同行，却是史无前例。

---

① 译注：四福音使徒，指马太、马可、路加和约翰。

　　"可是我这样讲奎格不太公平，他需要有人帮他辩护，这个人曾陪伴他走过那段黑暗的日子。如果没有人反对，我想请席穆多·萨瓦迪欧发言。"

　　谭大维推了我一把，我踉跄往前一踏。卡勒·劳森朝我走过来。

　　"萨瓦迪欧，您对奎格的那些控诉，有什么看法？"

　　巫师卡立当的身躯，双手往下垂的模样，跃上了我的脑海。黑云似的苍蝇依旧在我的记忆中发出嗡嗡声响，我害怕不停地想这个画面，那群苍蝇会飞进大厅围绕我。

　　"奎格是我的老师，我的一切都是他给的。所有认识他的人，都觉得他聪明有学问。他绝不可能会犯下那种罪行。"

　　"他从来没想过少了助手，会忘掉秩序，失去理智吗？"

　　"没错，奎格长年以来从没有助手跟在身边工作。但不久前他决定创立犯罪调查学院。我们学生私下传说他做的这一切，只为了从中挑选最优秀的人才，担任他的助手……"

　　"或者培养侦探吧。"

　　"他没提过什么侦探。那是我们一厢情愿这么相信。"

　　"那么谁雀屏中选？"

　　"没有人。我们里面最优秀的学生遭谋害身亡。大家都知道这件事。"

　　"您不是最优秀的学生？"

"不是。"

"那怎么会轮到您来这里？"

"因为我坚持到最后。因为除了我，所有的人都弃奎格而去。"

我的话获得在场一片赞同的低语声。尽管大家在本业都享誉盛名，他们也曾经多次遭遇到困难：报章丑闻、解决不了的命案，或是凶手设下的陷阱。当侦探深陷遭人质疑的风暴时，助手的忠心耿耿最为可贵。

"那么，您是以信差的身份来到这里的？"

"没错。我带手杖过来。"

"难道奎格差人带来的消息真的那么简单？只是手杖而已？难道奎格的心病，没传染给您？"

"什么病？"

"被犯罪引诱，跨过了界线。每个人都曾经感受过这种诱惑。"

"吸引我的是犯罪调查。我从小就读遍你们的故事，梦想将来有一天能从事相同的工作。"

"但是人会长大。孩提时的梦想会变质、淡去、受到腐蚀。"

"我的梦想依然没有改变。"我回答，也不晓得自己是撒谎还是说真心话。

"跟班应该要懂得沉默，永远站在角落。而您这个新手，更要知道隐藏自己。所以我想先多认识您一点儿，再问您这个问题：

命案当晚，您是不是去见过芭珞玛·雷斯卡？"

"见过谁？"我问，尽管我很清楚他讲的人是谁。

"美人鱼。您以为她真的是美人鱼？她叫芭珞玛·雷斯卡。"

"我不否认去见她。我是要把偷来的一个东西物归原主。"

"那是什么东西？谁偷的？"

"那是一张照片。我偷的。我以为对案情有帮助。"

"所以您发现尸体，却守口如瓶？"

"尸体？那时美人鱼还活蹦乱跳的，穿着绿色的道具服。我没见过比她还要精力充沛的女人。"

"那您能证明自己没杀她吗？"

"不能！我有什么理由要杀她？"

卡勒·劳森转过脸，朝观众发言：

"我想就到此为止吧，别让这个年轻人再踏进我们的座谈会。"

"他是阿萨奇的助手。让他决定。"马格雷里说。

"阿萨奇不在，所以由我们决定。这位年轻人在命案发生时出现在犯罪现场。此外，我们得通报警方这件事……"

他的话吓了我一大跳。我跟巴西丹不合，这个家伙会想尽各种办法铲除阿萨奇。

"我是清白的。换作阿萨奇，他只要短短几秒钟就能证明我的清白。"

"但是他不在。没有目击证人能证实您离开的时候，美人鱼还活着。"

我不但会被逐出助手群，还可能马上去坐牢。我踏进了报章杂志上报道的世界，但是故事情节却走样了，我有种被撕碎的纸张、憎恶的文字所包围的感觉，于是脱口而出：

"有，我有目击证人。"

"谁？"

我是不是很慢才回答？我觉得四周的安静好像持续了很久，但是现实世界里跟梦里的时间是不一样的。

"卡斯特维堤亚的助手。"

卡斯特维堤亚站了起来。我没看他。他走向我，要我闭嘴。

"她会告诉大家真相。葛蕾塔……"

现场爆出惊呼声。卡勒·劳森露出一抹微笑，原本紧绷的身体似乎放松下来，像法官审问般的姿态也消失无踪。此时，我才发现自己被骗了，他的目的根本不是指控奎格。劳森等的就是那个名字，可以拿来控诉卡斯特维堤亚的证据。

"她？葛蕾塔？"劳森重复道，一副胜券在握的模样。

卡斯特维堤亚瞄了四周一眼。一贯做作的神情已经从他脸上消失。他卸下原本的角色，刻意装出的神情犹如斗篷掉落地面。

他那双手原先像是件纯供欣赏的艺术品，此刻变成利爪。他的嗓音转趋严肃：

"严格说来，她不算助手。更何况，我正打算等到目前搞得大家鸡飞狗跳的问题落幕后，就要向十二神探俱乐部公布我的合作伙伴。"

卡勒·劳森开口：

"雇用女助手，等同于打破我们的门规。我提议撤销卡斯特维堤亚的资格。大家注意，投票只要多数通过即可……"

劳森举起手。马多拉奇斯和赫特也跟进。

马格雷里说：

"我投赞成票，不过只是为了执行应有的权力。"

在场的神探共九位：只欠一票就通过撤销提案。罗荷踌躇不决，但最后还是举起了手。

"现在，我请求大家投票表决是否让阿萨奇停职，还有他的助手……"

十二神探俱乐部会投票反对阿萨奇吗？我不这么认为。他们没那么大胆。在有人铸下错误之前，阿萨奇的声音响起……

"劳森，您在搞什么？"

英国侦探吓得跳了起来。

"阿萨奇！您跑到哪里去了？"

"我这几天、甚至这辈子，待过很多天杀的地方。不过恐怕属这里最糟。每间酒吧尚有约束行为的规范，这里唯一的规则似乎只有羞辱。您想报复卡斯特维堤亚，目的已经达到了。但为什么连我的助手也想一块除掉？"

"因为他没有主子。更何况他知道卡斯特维堤亚的秘密，却知情不报。"

"他是助手，不是密探！"

"但是我们发誓要捍卫荣誉……"

"劳森，那是您的荣誉，跟我无关。我宣布萨瓦迪欧没有过错，不需负责。他会继续帮我侦办这个案子。"

劳森脸色发白，他想反驳阿萨奇的话，但又闭上了嘴，或许他乖乖听了印度助手的暗示吧。不过，他可不想失去舞台，所以对波兰神探说道：

"您知道的那些事，我们也都知道很久了：凶手根据'四元素'杀人。我们只需判定第一起命案到底是代表土，还是空气。一旦判定……"

阿萨奇扬起眉毛，夸张地表示惊讶。他消失几天后瘦了一圈，现在五官轮廓更为立体，有如戴上面具。

"四元素？谁告诉你们跟四元素有关？"

"这是您想隐瞒大家的真相。"

"只需判定到底是土,还是空气?那么我们何不监视地球?空气跟土到处都是。"

劳森开口:

"暂停讨论吧。我们休息一会儿。卡斯特维堤亚,您被停职了。我们非常感谢萨瓦迪欧先生的合作。他依然保有职位。"

我羞愧地退到大厅后面。已经没人注意我,大家的视线都集中在阿萨奇身上。马格雷里热切地靠过去握他的手,萨卡拉在一旁等着。诺瓦利乌斯盯着墙上的时钟,似乎烦恼着还有多少天、多少小时和多少分钟,才能逃离欧洲大陆的这团混乱。

我趁大家不注意,打开玻璃橱窗,拿出达朋的显微镜。那是个小巧的机械,瑞士制造,钢制零件。当我打开柜子的玻璃门,注意到有人站在我旁边,我怕是涅斯卡,正打算解释一番,却看见对方是卡斯特维堤亚。

"我太害怕了,不小心说漏嘴。"我对他说。

他盯着我的眼神灼灼发亮,我真怕他赏我一巴掌。他语气轻蔑地对我说:

"没人会跟蠢蛋要求解释。至少蠢蛋还有这种特权。"

"但是我想跟葛蕾塔解释……"

卡斯特维堤亚露出一抹微笑,仿佛有权借此稍稍报复一下。

"您不会再见到她了。明天我们就要离开巴黎。"

卡斯特维堤亚推了我一把，要我让路。首位遭逐出十二神探俱乐部的侦探，快步离开努曼西亚旅馆的地下展览厅。

4

回到旅馆后，我关在房里想写封信，不过却挤不出半个字，才提笔就放弃了；一滴墨水不小心滴落信纸，于是我将那点墨渍加大，仿佛那是只小章鱼。我的房里有份火车时刻表，我查了一下到阿姆斯特丹的下一班火车。如果卡斯特维堤亚所言不虚，或许我还有见葛蕾塔的最后机会。

我把巴西丹警长拿来擦美人鱼脸庞的手帕放到显微镜下。一道轻柔的阳光从窗户照了进来，折射在小镜子上，并照亮玻璃。敲门声响起时，影像已经快出现了。我顾虑到自己没经过允许就擅自拿走显微镜，所以先把东西藏了起来。

门外的人是阿萨奇。我该告诉他我对美人鱼的死感到遗憾吗？我想起母亲遇到熟人丧失亲人时，总会写吊唁信函或表示哀悼；我父亲就不一样了，他从来不知道该说什么安慰的话，只是垂下头，盯着大家的鞋子，缩到一个他唯一熟稔的领域。

"别在意卡斯特维堤亚。那个家伙一向个性倨傲。他打败过卡勒·劳森一次，就以为永远都能把对方踩在脚下。那个英国人挖了一个陷阱，让你跳进去。但最重要的是你没揭露奎格的事。除了我以外，其他人都不能知道你告诉我的故事。"

"可是我泄漏了她的事……"

"你会说出她的名字，其实不单单只是害怕，而是你很想揭露出来。就算整个世界会因此天翻地覆，也没有比说出她的名字更快乐的事。卡勒·劳森很清楚，不管得用什么借口，最终的目的是从你口中诱出你想讲的名字。不过他最大的战利品没到手，那就是让你揭发奎格。所谓背叛，最悲哀的莫过于此：助手揭发自家侦探，他的老师。"

阿萨奇看着我，表情有种怪异的严肃。面对卡勒·劳森的咄咄逼人时，我也有相同的感觉，仿佛要把我逼离角落和藏身处，要让我现出原形，要凸显我的行为和言语是多么的微不足道。但这种凸显对我可没好处。

"现在该怎么办？侦探们说我有生命危险。"

"根本没那回事。你暂且等待我的指令吧。这件案子很快就要落幕了。或许我还需你帮最后一次忙。"

"之后呢？"

"之后？我想你大概会回到布宜诺斯艾利斯，知道任务顺利完成而感到内心平静。你得告诉奎格一切经过，虽然现在事情还没结束，不过很快就会尘埃落定。他派你带来故事和手杖；很快地，轮到你告诉他另一个故事，还他手杖。"

阿萨奇走了之后，我想再继续操作显微镜，不过阳光已经消失了。

5 月 5 日，世界博览会开幕。

在此之前，从来没有那么多活动齐聚在同一个地点。我躺在床上就能听见脚步声，大家都准备前去欣赏奇珍异宝和惊异的发明。他们将门票抢购一空，开开心心地涌进各个展馆，不知道先从哪里看起才好。所有人都迫不及待，总觉得接下来的东西会比眼前的东西还重要；就连抢到位置爬上铁塔的人，都觉得自己选错地点，最重要的东西应该在其他不起眼、较小的角落。我们总认为只有看不到的东西才是真正重要的。

趁着晨光充足，我做完了实验，然后出门到努曼西亚旅馆。我带着达朋的显微镜，用粗纸包好并系上黄色的绳子。时间还早，展览厅里空无一人。我将显微镜归回原位，把粗纸扔进纸篓里。

我在旅馆门口遇到塔马雅克一干人，同行的有巴多内、冈野和贝尼托，他们全都穿上最好的衣服。我一时还以为他们出现在这里，是发现橱窗有样东西不翼而飞。

"我只是把显微镜拿出来擦亮一下。"我解释。

他们面面相觑，对我的话一头雾水。

"我们大老远就看见你走进旅馆。我们想找你一起去博览会。"贝尼托说。

"大家打算怎么布署？"我问。

"诺瓦利乌斯在热气球上。他会一直待在那儿。"

"您不陪他吗？"我问塔马雅克。

"不必。若是天神希望我们能飞翔，就会赐给我们一双翅膀。"

"那其他人呢？"

"罗荷、萨卡拉守在地球模型对面。卡勒·劳森到阿根廷馆去监视。马多拉奇斯跟他一起去。"

"那你们没有跟去……"

"我们有其他任务，那就是逛遍会场。东看看，西瞧瞧。看能不能发现什么不寻常的东西。如果阿萨奇没有派其他任务给您，您可以跟我们一起来。"

于是我跟他们一起走了，我想也没其他选择。大伙的谈话已经嗅得出道别的意味：巴多内说他找到要买给母亲当礼物的帽子；冈野问哪里可以买到一箱便宜的苦艾酒。到了入口处，我们拿出通行证。会场人潮汹涌，大家很难走在一起。他们四个努力不让我跟丢。

　　卡斯特维堤亚搭的那班往阿姆斯特丹的火车，再过一个小时就要出发了。有时，我以为自己好像甩掉了其他助手，周围全是陌生人，不久他们却又出现在几步外的距离，佯装一副心不在焉的模样。为了拉开距离，我假装兴奋不已，加快脚步往美国馆走去；但是印第安助手就站在门口，他沉默不语的模样，让参观民众以为他也是装饰的一部分。我转个方向，想到机械馆，可是巴多内来到我旁边，邀我共享他刚买的薄荷饮料。当中国代表团穿过人群，我发现机不可失，他们舞着一条扭曲摇晃的龙，里面有几百个人。那硕大的龙首左右摇摆。他们的舞蹈表演得很精彩，但没顾及到观众，随意摇来晃去的动作不时撞到大家，让他们跌倒在地。开幕的气氛热烈到了极点，就算被踩伤、撞伤，大家还是乐不可支。这是最好的机会，我钻进龙的身体下，跟中国同胞一起挤在漆黑里，摸索着前进。一股深深的悲哀涌上我的心头，这些舞龙的朋友踏进了惊奇的国度，却无缘一睹为快。我就这样藏在龙的肚子里，逃离四个保护者。

5

北边车站里的火车头，正发出隆隆的汽笛响声。我冲到四号月台，根据火车时刻表，卡斯特维堤亚搭的火车应该从这里出发。我在车厢上找人，撞到好几个正在放行李的旅客，还有正发号施令的站务员，他们只有在这几分钟才能享受那身灰制服、帽子和口哨赋予他们的权力。我在第三节车厢找到葛蕾塔跟卡斯特维堤亚。火车即将出发了，车上的旅客都紧张不已，他们师徒俩却有如火车站员工，负责在旅客面前维持冷静的模样。他们坐在一起，身体没有碰触，一脸严肃，仿佛是素不相识的陌生人。她坐在窗边，盯着窗户外啄食面包屑的一群灰鸽子。

我往他们走去，差点儿撞到卡斯特维堤亚，他正从行李架上的行李箱拿出一本书。荷兰侦探一看到我，马上厌恶地叹气。

"难道您要跟我们一起走？"

我才刚飞奔而来，想开口讲话，却上气不接下气。卡斯特维堤亚一脸疑惑，看着我用来表达话语的一连串手势。葛蕾塔板着一张脸，大大的灰眸瞄着我。

卡斯特维堤亚于是开口：

"只有一件事能原谅您的背叛。只有一件事。那就是劳森的话没错。"

"劳森讲了很多话。"

"您知道我指的是什么。奎格犯下的命案。"

我没有回应，当作是累得说不出话来。

"都是您，害我被逐出十二神探俱乐部……"

"我知道。所以我才赶来道歉。"

"我看不是吧。您是赶来道别的。况且，我用不着什么道歉。我要真相。"

我垂下眼，无法面对他的目光。这时，我注意到卡斯特维堤亚以为我否认了，于是不耐地等我替奎格的清白辩驳。

"快说：奎格没有刑讯求凶手！快说：奎格没有杀掉他！"

我说不出话来。荷兰侦探从口袋里拿出怀表，开始计算我沉默的时间。

"超过三十秒。现在我知道您的答案了。"

荷兰侦探脸色苍白。他靠近我耳边低喃，好似顾虑我们四周的旅客。

"我被逐出也无所谓，十二神探俱乐部玩儿完了。"

卡斯特维堤亚碰一下正凝视窗外的葛蕾塔的肩膀。

"亲爱的葛蕾塔，你可以跟这个小伙子说话了。"

"他背叛我们。"她答道，仍凝视窗户的玻璃，仿佛不屑看我一眼。

"咱们没什么好恨他的了，逐出我们的地方已经瓦解，过节也一笔勾销了。"

葛蕾塔对主子的许可大为光火，愤恨地站了起来。她一声不吭，越过几个刚到的旅客。我先下车，然后伸出手想帮她走下铁梯，不过她拒绝了。我只摸到她冰冷的手指。

"我知道不该提到你，但是在那瞬间讲出你的名字，我感到很幸福。接着我才发现自己干了什么好事。"

葛蕾塔表现得很疏远，不再用你称呼我。

"现在您要讲几次名字都无所谓了。如果守口如瓶，这个名字还有种力量。一旦说出这个神奇的字眼，就分文不值了。"

"这个神奇的字眼还没失去它的力量。"

她盯了我几秒。总之，她终究是个女人，对我的坚持、我的邋遢、我这样忙乱地赶来这里，颇有被取悦的虚荣。

"您不是应该在工作吗？大家预期今天会发生第四起命案。"

"所有的侦探都已各就各位，巡逻可能在空中或地面发生的意外。"

她指向火车的窗户。卡斯特维堤亚正读着一本黄皮小说，封面是玫瑰交缠的图案，显然是本赚人热泪的罗曼史。

"卡斯特维堤亚对他们的预防工作嗤之以鼻。他说大家都搞错了，才不是什么空气或土地。"

"卡斯特维堤亚知道的东西跟他们差不多。他们至少已严阵以待。他却选择离开。"

"他离开是因为被除名了。他离开是因为没有别条路可走。您能想象阿姆斯特丹的报纸会如何大肆报道除名这件丑闻吗？"

"卡斯特维堤亚还是可以留下来。他能自行调查。如果他真的知道更多案情，那么就应该留下来解决命案，之后再回去忙跟媒体斡旋的事。"

"您应该要相信阿萨奇能解决谜案。身为助手，就算遇到再艰困的时刻，信心也不该动摇。"

"对他来说，我只是个影子。他从不告诉我该做什么。我猜不透他脑袋里的东西。自从芭珞玛死后……"

我刻意称呼她的本名，希望和那套绿色的道具服、泡在水里的尸体、聂瓦尔湿答答的诗句划清界限。葛蕾塔呆望着我，仿佛我突然对她破口大骂。

"谁？"

"芭珞玛·雷斯卡。美人鱼。"

"我不知道她叫芭珞玛·雷斯卡。"

我当时年轻气盛，虚荣心凌驾了理智。我自问这样讲出美人

267

鱼的真名而不是艺名,她是不是会吃醋。我会在这个车站,在蒸汽的围绕下和机器的油污味中,知道她的心意吗?火车发出呜呜的响声。最后几名旅客正使出吃奶的力气拉着鼓胀的行李,加紧脚步上车。一名站务员大声呼叫,另一名则不停敲钟。我瞅了她一眼,知道她不是吃醋,而是正在发抖。我们几乎同时恍然大悟。两人互看彼此最后一眼。

"你不是提到神奇的字眼吗?我的名字才不是什么神奇字眼。现在是你跟奎格见面以来一直梦寐以求的时刻,现在是你洗刷办事不力和背叛污名的时刻。现在是你该跟我说再见的时刻。席穆多·萨瓦迪欧,快点儿!快点儿!"

葛蕾塔推了我一下,这就是她的道别。她大步踏上楼梯,火车已经开始前进。我待在原地,仿佛没力气移动,直到火车的轮廓完全消失。我的身边聚集了几只鸽子,争食一个衣衫褴褛的老太婆扔的面包块;当我经过鸽子旁边时,它们展开翅膀,飞向灰蒙蒙的天际。

6

有些人需要安静下来才能思考，我则是散步时思绪才清晰，若能跑步效果更佳。不同于奎格和其他侦探的想法，我觉得所谓的谜案，不是阿尔钦博德的画，也不是阿拉丁黑板，或者人面狮身像、一张白纸；谜案是从我孩提时就不曾改变的东西：拼图。我的父亲手里捧着蓝色丝纸包装的大盒子回家时，我会走到窗边，拆开包装纸，将拼图块全倒在地板上，然后等待几秒，欣赏这一堆闪耀光泽、正等着被依序排好的东西，而后各种形状的图块，慢慢地拼成一幅图。现在我的面前有几幅巨大的拼图块：达朋从铁塔摔落的尸体、索雷先被斩首后遭焚毁的尸体；另一块拼图，也是唯一让我感到悲伤的，是美人鱼毫无气息的尸体。此外还有其他拼图块：让达朋失足的黑油、证人的证词、火、葛利亚雷书屋墙壁上晦涩的摘录文字。我读了聂瓦尔的诗之后，一直念念不忘，不过最有价值的是这句话：

老者、遭处决之人和鸽子三者合一为上帝之日，将要来临。

解答就写在葛利亚雷屋内的墙上，摊在大家的眼前。现在，

我知道侦探们布署在展览会场寻觅着什么泥土和空气，全都是白费工夫。这起连续杀人案不是四起，而是三起。这根本不是什么四元素，也不是希腊人凡事都看到的四个根源，而是基督教的三位一体。老者是达朋，索雷是遭处决之人，美人鱼是鸽子[①]……

我上气不接下气地赶到葛利亚雷屋子前。当我爬上大理石台阶，正准备敲门时，德摩林斯神父开了门。他看起来也一副慌慌张张、汗流浃背的样子，仿佛跑了一段路才遇到我。

"您得阻止阿萨奇！"他对我说。

"他在哪儿？"

"楼上。他认为葛利亚雷是凶手。我要去报警。"

结果他来不及出门，我也还没进屋子去。一切为时已晚。一声枪响震动了墙壁。那枪声非常大，威力远远超过左轮手枪或卡宾枪，恍若炸弹爆炸，这意味着事情已难以挽回。如果只是枪声，还可能射偏，但若是爆炸，铁定会有人受伤。我爬上楼梯，尽管因疲累不堪而动作迟缓，但在这紧急的情况下，也只得尽力加快脚步。当我往上爬时，两边墙上都是还没读过的字句。

阿萨奇站在晨光没完全照亮的房间里。他的手里拿着奎格的手杖，还冒着烟；它看起来不像支武器，而是展现神奇威力的手杖。

[①] 译注：美人鱼的名字芭珞玛（Paloma）在西班牙文里是鸽子的意思。

葛利亚雷则颓坐在地板上，靠着写满字句的墙壁。他被开枪打中脖子，颈动脉爆裂。葛利亚雷捂住被火药轰成黑色的伤口几秒，接着，便因太虚弱或认命而放弃了。他想说些什么，却挤不出半个字。他的腿抽搐了两三下，然后一动也不动。

这时，阿萨奇做了一个出乎意料的动作：他在胸前划十字。奉父、子、圣灵之名；奉老者，遭处刑之人，鸽子之名。他盯了我半晌，似乎努力想记起我是谁。接着，他说道：

"葛利亚雷是凶手。今晚我会把细节交代清楚。"

阿萨奇把拐杖递给我。起先我不敢伸手去摸，我怀着护送圣物的恭敬态度，将东西带来这里，如今它却成了一把杀人凶器。手杖还是温热的。

"把手杖放回玻璃橱窗。现在已经可以物归原位了。"

7

阿萨奇保证今晚会将命案的来龙去脉交代清楚，但是所有的侦探和助手都苦等不到人。刚开始他们以为阿萨奇又失踪了，不过我及时赶到，通知他们警长拘留了阿萨奇，要他解释葛利亚雷的

死。巴西丹警长的讯问向来以马拉松式闻名，总是持续到天亮为止。警长认为，经过整晚的询问，早晨的光明能让罪犯口吐真言。于是，侦探们的座谈会顺延到隔天晚上七点。

5月7日，所有的侦探都准时到场。大家都不想错过阿萨奇解释案情的时刻。《线索》杂志总编葛利马也来了。唯一还没到的人是阿萨奇，他迟了两个小时才来，径自穿过侦探和助手，没有跟任何人打招呼或说声抱歉。他满脸掺杂白须的胡茬，似乎已经好几天没进食，看似神采奕奕，但又带着发烧的那种虚弱。他身边环绕着安静且期待的气氛。只有涅斯卡对阿萨奇不感兴趣，他站在门边，仿佛是害怕座谈会太无聊的观众，不知该进场还是离开。我的神经几乎濒临崩溃边缘，脑袋瓜一直想着他今晚会讲的话，手指不停捏着口袋里的手帕。

原本侦探们的话题围着博览会打转，他们谈到虽然才刚开幕，会场却似乎已经变得老旧，仿佛涌进会场不计其数的脚步，把会场踩得残破不堪。阿萨奇要大家安静下来，不过这是多此一举，因为每个人都已经闭上嘴巴。

"1888年4月，雷纳多·奎格造访巴黎，他跟往常一样投宿在这间旅馆，我们在长时间的散步中，聊起了犯罪案件。当时我们想到了一个主意（不知道是他还是我，或者依我的记忆，是我们俩同时想出来的），就是让神探们在博览会期间齐聚一堂。我们成功获得委员会的邀请，想跟大家分享我们的专业知识、科学研究，讨论我们这一行的学问。我们想要休息一两个月，暂时搁下命案、嫌犯、证据，以及证人。难道各位想活在一个没有命案的世界里吗？"没人回答。"当然，没有人想。"

阿萨奇的笑话只博得几个人的笑声。没人有心情听笑话。

"但是在这几天，当博览会从完工到开幕的如火如荼之际，我们的组织却快速瓦解。奎格不克前来，他不但生病还遭诋毁，达朋惨遭杀害，卡斯特维堤亚被除名。我没能耐重新整顿组织的和谐，不过至少解决了让我们最近几晚辗转难眠的一件谜案。我可以说，达朋和美人鱼的死，以及索雷的尸体遭焚毁，都是同一个人所为。"

有个状况打断阿萨奇的话，门口发生了争吵。巴多内正阻止一名执意要往阿萨奇冲过去的矮胖男子。

"那边怎么了？"阿萨奇问。

"我是德摩林斯神父。您杀了我的朋友葛利亚雷。我想知道原因。"

"这是十二神探俱乐部的座谈会。不属于这行的闲杂人等不能进来。"卡勒·劳森介入说。

德摩林斯不肯死心，但是巴多内准备拖他出去；冈野伸出两根手指按住他右边的锁骨部位，神父便瘫软无力。他只能大喊：

"阿萨奇！我在外面等您！在街道上也可以告解。"

阿萨奇告诉巴多内跟冈野：

"让他留在大厅内。他只能乖乖坐在那里，不准插话。我们不喜欢神父，更别说是被逐出教会的。要是他敢张嘴，哪怕只有一次，就直接把他轰出去。"

于是神父坐在门口。阿瑟·涅斯卡站在他的背后。阿萨奇继续说道：

"我的工作，就是继续由达朋开始却害他丧命的调查。博览会高层委托达朋调查铁塔建筑师接到的一些恐吓信。那都是些无伤大雅的小规模破坏，接着，达朋寻着线索追查到巴黎神秘主义分子的藏身处。我们的老侦探和几个教派碰面。但是他特别注意一个崇奉神秘论的文学团体。他们没有正式的名称，但是达朋称他们为秘密天主教派。这个团体的特征，是他们认为没有必要与罗马教廷为敌，因为真正唯一的敌人是实证主义。这些秘密天主教派成员，自认是基督隐秘教义的继承者。

"这个团体有好几位成员：各位方才看到、遭耶稣会驱逐的德摩林斯神父；年轻的诗人作家维岚多，百万富豪伊瑟。我还知道有来自俄罗斯的女子，以及假装埃及人的比利时前军官，但是这些破坏发生时，他们都不在巴黎。达朋循线调查，接近了这个团体。我认为由于达朋的坚持不懈，让该团体的领袖葛利亚雷想挑战我们这些侦探，同时也挑战博览会跟铁塔。葛利亚雷一再行动以示证明：他构思了犯案手法，想让大家看看并非凡事都能解释。接着他犯下命案，警告我们要给世界留个空间以容纳秘密。或许这不是他犯下的唯一一起命案；我曾亲自调查过一桩案件，我称为'预言成真案'，主嫌是名叫普达克的毒药专家。侦察过程中，我曾怀疑是葛利亚雷策划整起案子，不过当时没办法证明。"

德摩林斯神父站起来想说几句话，不过巴多内用力将他按下。阿萨奇望着地板，似乎不知道从哪里继续下去：

"葛利亚雷搬到一间在印刷厂和出版商名下的房子，并沉迷于新的怪癖。他在墙壁上写满各种摘录字句，以便时时看到。或许他追求的是住在一本书里的感觉。那间屋子汇集了知识、迷信、智能，还有些无关紧要的琐碎东西，让人想起神秘教派分子总是念念不忘万物在过去所代表的意义。我利用葛利亚雷一次出外旅行时，潜入屋内，读遍所有的字句，却没发现任何跟达朋的死有关的线索；但是有一句话，却让这件谜案出现曙光。那句话从一开始就写在墙壁上，不过我看到的时候为时已晚。

"这几起案件表面上看似没有关联：我们的老侦探达朋、烧毁的尸体、女演员。他们之间唯一的关联是这三人都跟我有交集。葛利亚雷从一面墙上挑出艾利佛斯·利瓦伊的句子，这个人是神秘主义者，拿破仑曾基于正当的理由，禁止他的作品。句子写道，上帝是老者、遭处刑之人、鸽子的合体；奉父、子和圣灵之名。达朋、

索雷以及美人鱼便是这句话里的三个要素。"

萨卡拉在开幕当天杵在大太阳底下一整天，苦等第四起命案发生，此刻看来一脸不悦：

"那么四元素呢？这个线索难道没有意义？"

"葛利亚雷故意让我们相信'四元素'这个错误的线索；有元素没错，不过是其他的，我们只是没当时就看出来。元素不是四个，只有三个：受洗时的三个元素。第一个是给入教信徒的圣油，也就是旧时战士拿来从敌人手中脱逃的油，这同时代表受洗者能抵御邪恶的象征。第二个是照明的火焰，而第三是净洁的水。惨死的达朋一身黑油，跟旧时战士全身涂满油以免被敌人抓住一样。索雷的尸体则遭焚毁；美人鱼被打昏，溺毙水中。

"美人鱼惨遭毒手之后，我曾想就此放弃。我很痛苦，必须好好思考。我借酒浇愁，想刺激思考，无奈脑袋却一片空白。在这段疯狂、烂醉如泥的时间，当世界似乎碎成没人能重新拼凑起来的影像和字句时，我想起那几句话，了解了一切。我前去找葛利亚雷，我想将他拖出屋子，不过他抵死不从。当时我手里拿着奎格的手杖，原本只是想当作老朋友的陪伴而带在身边；我得说我不是很清楚手杖该怎么用，而拉扯之间，子弹便发射了。接下来的事，我想各位都知道了。"

阿萨奇退到一边，卡勒·劳森接着上场。他正打算开口，有个侦探却开始鼓掌，我想那应该是马格雷里，而一些助手也跟着鼓掌，很快地，所有的人都为阿萨奇的话热烈鼓掌。连马多拉奇斯也不例外。劳森没办法，只得跟从大家，可是他的掌声很稀落，手掌几乎没有碰触。接着，他说道：

"我们很多人都已经打包好行李，准备回到各自的城市。抢劫和命案正等着各位处理。今晚就是我们的道别之夜。在这场座谈会结束之前，大家去吃个晚餐吧。还有人要发言吗？"

没人期待额外的发言，大厅尽头的助手们已经开始走向门口。该是用餐、敬酒，约定下次聚首的时候了，虽然这不太可能实现。只有一个煞风景的人才敢开口说话。这时我举起了右手，因为紧紧捏住口袋里的手帕，所以连手帕也一并举得高高的。我听到窃笑声，自己看起来活像是站在船上挥舞手帕道别。

"我只想分享我的版本。"

8

卡勒·劳森看着我，眼神充满不耐。

"您要经过允许才能发言。我可不想给您发言权。我们都知

277

道阿萨奇是清白的，他没有罪，不需负责任。"

阿萨奇瘫坐在椅子上，他讶异地望着我。我则回避他的目光：

"我必须跟某个人谈谈：如果你们没人愿意，我就跟报社谈。"

我讲话的嗓音颇大，走到楼梯口的人，现在都折返了。

"除了阿萨奇讲的东西，难道您还有什么要补充的？"马格雷里问。"有什么我们还没听过的吗？或者，您只是想说说座谈会拓展了您对犯罪世界的视野？"

"我想把我了解的真相讲出来。"

"那就一次讲完。"马多拉奇斯说，"不过长话短说。若是我们开先例让助手长篇大论，很快大家都会有样学样。"

"连塔马雅克都会。"卡勒·劳森追加一句。

所有的目光都转向阿萨奇。只有他才有资格决定。

"我不知道我的助手私藏了什么秘密，没有先请示我就想发言，这完全不合门规。但是，这有什么关系！无论如何，我本来就要解雇他了。"

大家勉强干笑几声。案子已经落幕，我却半路杀出，这是所有侦探最大的恐惧。当他们依照合理、无可辩驳的方式提出解释并结案之后，最怕忽然有个证据出现（某个物品、证人或是细节有矛盾的地方），推翻所有的结论。

我得提高音量才能压过大伙的窃窃私语。

　　"我来到巴黎，是带给阿萨奇两样东西：奎格的手杖以及一则信息。这个信息其实是一段故事，我不便在此说明。阿萨奇非常慷慨地收我当助手，尽管他知道我是个新人，还是让我暂代谭纳——最受人尊重的助手之一。我很荣幸能暂代此职，所以我此时的发言，有如背叛了阿萨奇、奎格以及十二神探俱乐部。然而，我不得不一吐为快。我不在乎达朋的身亡，我只不过见过他一次；我也不在乎巴黎所有被焚烧的尸体，但是，美人鱼的死让我无法忍受，我一辈子都会记得。

　　"关于这个谜案，我从不认为自己离谜底很近；如果说我看到了真相，也是忽然间误打误撞发现的。所以要是能解决案件，我不觉得是因为自己的本领，纯粹只是运气。应该说，这是因为我的厄运，因为我总喜欢闭着眼睛莽撞行事。事情是这样的：我在不经意之间，传达了某种信息，阿萨奇于是知道侦探的世界正在崩解，很快地十二神探俱乐部就会成为不留痕迹的过往云烟。于是他想出了一个点子，想重拾外界对侦探、对他们办案方式的信心，但同时也能让他摆脱敌人。他杀了竞争对手达朋，杀了琵琶别抱的美人鱼。为了替罪行解套，他也一并除掉了葛利亚雷。与此同时，他还能保住自己的荣誉，在所有侦探面前交代破案经过。他的光荣事迹会永远留在大家的心目中。这就像再一次打造了十二神探俱乐部。"

一直想取代阿萨奇位置的劳森，此时跳出来为阿萨奇辩护：

"您现在的胡言乱语也永远令人难忘！将他轰出去！"

"不要！"马多拉奇斯大喊，"让他继续说。我们可以从他的话了解到某样东西。"

现在私语声已经停止。大家只想洗耳恭听：

"这间大厅内展示着代表完美谜案的不同概念：卡斯特维堤亚讲到拼图，我支持这个算是老掉牙但却十分贴切的比喻。马格雷里提到阿尔钦博德的画，只要换个角度，眼睛所见的东西立刻就会出现不同面貌。马多拉奇斯告诉我们应该是人面狮身像，我们问问题，却反而会被反问。而赫特则拿出阿拉丁黑板，这个玩具虽能清除所有的痕迹，却更清楚地保留下所有写过的字，所以我们的记忆深处仍存放着很久以前发生过的事。但是还有一个……"

"佐川！"罗荷提醒。

"东京侦探佐川提出白纸。而阿萨奇同意他的概念。谜案，或者说最精彩的谜案，是一张白纸。读的人，能解出其中奥秘的人，这个人就是命案的真正元凶。阿萨奇的谜案堪称完美至极。"

所有的人都在等阿萨奇开口。他依旧坐着，不过已经不是一副精疲力竭的样子，而是仿佛准备朝我扑过来。

"将他轰出去！"马格雷里大喊，他的嗓音由于过于激动而沙哑。其他人也一致同意赶我出去。但阿萨奇站了起来，安抚大家的情绪：

"我们就当这是年轻人想象力过剩的胡言乱语吧。但是，难道想象也能让他凭空捏造证据？"

我没看阿萨奇，继续说道：

"我是鞋匠之子。我父亲给了我一罐独一无二的鞋油，能将靴子擦得亮晶晶。我亲手替阿萨奇擦亮了靴子。这种鞋油能够防水。"

我拿出曾擦过美人鱼嘴唇的手帕。

"当阿萨奇去找美人鱼时，她便知道他是来杀她的。她扑倒在阿萨奇脚边，乞求他不要下手，并亲吻他的靴子。她是故意这样做的，因为她知道嘴唇会留下痕迹。就是那个吻判了阿萨奇死刑。那是证据！我用达朋的显微镜检查过了。"

我举高印下美人鱼毫无生气双唇的手帕。

马格雷里拍了阿萨奇的后背一下。

"阿萨奇，得了吧。你学生的这番话，不会是你的恶作剧吧？我们也要为他鼓掌吗？干脆一次揭穿他的谎言，让我们将他扫地出门吧！大伙离别前，还有很多事要讨论。"

阿萨奇朝我走了过来。或许这是我一生中最重要的一个关头，要是我能选择，宁愿躲在床上，用枕头蒙住头部。任凭谁都会想这么做。我心想，现在阿萨奇要举起他的手指控诉。现在我这个

新手、异乡人，要被揭开面具了；他们假装能够原谅的大胆行径，此刻已经无法被原谅。

但是阿萨奇依旧沉默不语。几分钟过去了，就在这段时间内，每个人原本气得涨红的脸转为惨白，气愤的神情已经消失无踪。所有的人都僵直不动，静悄悄的，仿佛等待考试的学生。马格雷里顶着一张快哭出来的脸。

最后，波兰侦探开口了：

"我不期待任何原谅。现在我要走了，大家不会再听到我的消息。这个年轻小伙子说得没错，他看清楚了真相，他是第一个看清楚的人，因为他曾跟在奎格身边，因为他目睹了奎格的陨落。我们全都迷失了，已经迷失了好一段时间。我们徒劳地想把我们的方式套用在一个越来越混乱的世界；我们需要找到有逻辑的罪犯，来证实自己的理论是有用的，但是我们遇到的却是不按常理出牌的罪犯和数不尽的坏事。达朋解决了火车命案了吗？我解决了吗？马格雷里结束了佛罗伦萨神父连续遇害案吗？卡勒·劳森抓到了开膛手杰克？我们微不足道的成就，被重大案件盖过，甚至连警察都比我们精明多了。我们需要一个案件来维持平衡，一个能对我们的办案方法重拾信心的案件。我发现我们不能再靠凶手了。于是我越界了，一如各位一直很想去做的。我是一个教士的私生子，所以我从没受洗过，我选择拿入教信徒的油、火，还有水，来替自己受洗……"

"但是美人鱼……您怎么下得了手？"我问他，"她是那样
美丽……"

"难道您以为美丽就能阻止命案发生吗？美丽才是引人犯罪
的最大动机，比起金钱还有过之而无不及。"

阿萨奇不再看我，他的眼神飘向在场的侦探和助手。所有人
都没有动弹，只有一个人例外，他脚步急促地爬上楼梯，离开旅馆。
那是阿瑟·涅斯卡。

"我只想求大家十五分钟过后再通知巴西丹警长。我知道该
藏身何处。我要走了，各位不会再听到我的消息。"

没人答应他的请求，但也没人反对。侦探和助手们让开一条路。
阿萨奇开始大步跨上阶梯。但是他没有加快脚步，反而一副好整
以暇的样子。

我想跟过去，不过马格雷里挡下我。

"别烦他。您对他的伤害已经够深了。"

我试着想挣脱他的手，不过意大利侦探偕同巴多内，将我推
到其中一个展览玻璃橱柜旁；拉扯间一个用力，柜子的门松开了。
有人曾撬开锁。我将马格雷里抛在一旁，仔细观察那个空荡荡的
架子。在我想起什么东西被偷之前，罗马之眼抢先一步说：

"诺瓦利乌斯的雷明顿左轮手枪不见了。"

意大利侦探松开我。我追着阿萨奇的脚步跟了出去。

9

我冲出旅馆，左顾右盼。月亮高挂天空，发出晕黄的光芒，看来明天要下雨了。我沿着街道狂奔，听见前面有抹气喘吁吁的声音，那是德摩林斯神父，他也在追阿萨奇。

"我想听他的告解。"他对我说。

我走过一条又一条的路，完全找不到可以追踪的线索。正当我正准备放弃寻人，却听到一记轰响。枪响只有一声，却足以辨认出位置。我循着声音的方向而去，弯过街角。黄色的月光洒在阿萨奇身上，他横躺在地上。凶手丢下了诺瓦利乌斯的手枪。

我在倒下的魁梧侦探身边弯下腰。

"我去找人来帮忙。"我跟他保证，但却踌躇不决，旁边的一滩血越积越多。

我想离开去找医生，以免阿萨奇性命垂危。但是波兰侦探阻止了我：

“太晚了。涅斯卡不过是尽他的本分。”

“都是我，我应该私底下讲就好……”

“不，这是我的错。奎格派来的是个侦探，而不是助手。我没及时看清楚。你能看穿真相，实在不简单。”

“真的吗？我没说出实情。”

“没说出实情？”

“没有。您也没有。我不认为您犯案是为了报复达朋或捍卫荣誉，或为了挽救十二神探俱乐部，而是为了爱情。您只想杀掉美人鱼，因为她背叛了您。在我拿照片给您看之前，您早就知道葛利亚雷跟她依然暗通款曲。您一并犯下其他案子，只是为了隐藏您唯一在乎的命案。如果您因此落网，会解释这都是为了十二神探着想。您不在乎成为凶手，可是却不希望每当有人想起阿萨奇时，便贴上命案里面最不入流的标签：情杀。”

阿萨奇想挤出微笑。

“干得漂亮。但是这是我们之间的秘密，侦探。”

“侦探？我连助手都不是。”

“从现在开始你就是侦探。根据第四条门规，如果侦探利用他所拥有的知识犯案，而遭助手揭发……”

德摩林斯神父很快赶到了，几乎喘不过气来。后面传来其他侦探的脚步声。

"我要给您涂圣油。"

德摩林斯神父拉开黑色长袍，从腰带拿出一小罐装着圣水的瓶子。马格雷里也赶到了，跟我们在一起。

"您不是正牌的神父。"我说。

"现在不重要了。"阿萨奇说，"在这月光下，大家都不再是以前的自己。但是就让我们假装他是教士，我是个侦探，而你是我最忠诚的助手。"

德摩林斯神父深深吸了口气，然后说道：

"奉父、子，和圣灵之名……"

10

阿萨奇说出了真相，第四条门规——那个日本侦探在花园里烧掉的东西，能让揭发侦探是犯人的助手，成为十二神探俱乐部的一员。我猜侦探们定下这条门规时，是觉得这件事永远不可能发生。他们因为阿萨奇的作为，个个像是斗败的公鸡；他们相信提名我成为俱乐部一员，一定有助于警惕偏离正轨的犯罪发生。

两个月后，我回到布宜诺斯艾利斯。我的家人发现我判若两人。

"要你开口说话，简直比登天还难。"我母亲说。

我的父亲已经猜到我不想继承鞋铺，所以准备让我的弟弟继承家业。

直到三个礼拜过后，我才着手该做的事：拜访奎格，将手杖还给他，告诉他阿萨奇失败的经过。他静静地听我说了几个小时，要我交代细节，说清楚故事里我觉得不怎么重要的一些地方。现在，已经没人拿"巫师案"烦他，案子已经密封归档；然而，他依然决定放弃侦探生涯。我向他提议租下他屋子的一楼，他接受了，我要在那里开设办公室。我承接了奎格的旧客户，而从那一刻起，每当我解决一件抢劫案或命案，他们都不停赞扬老师的本领，相形之下，我逊色许多。

奎格过世后，老实说我松了一口气，仿佛通往世界的大门就此打开，仿佛我身上背负的秘密已经不再沉重。尽管我继续在他家一楼工作，并负责随时为奎格太太补满糖和绿色罐子里的英国茶。早上，厨娘安荷拉会帮我准备马黛茶和托雷哈油炸面包，同时嘴里不停地嘀咕着对天气一派悲观的评语。接着，我就出门追查线索，或是到命案现场，审视在地窖上吊的男子、旅馆里遭毒杀的旅客，以及在花园池子里溺毙的少女。

我书房内的一座玻璃柜里，放着奎格的手杖。有时，遇到得加班熬夜的案子，我会拿出手杖，将狮头擦拭得亮晶晶，然后想

象着跨越界线干坏事的感觉。这个游戏大约只持续几秒钟，我很快就关上玻璃柜，再度回到自己的思绪里。我还没有助手。我会有助手吗？我的头顶，则传来奎格太太为失眠所苦的脚步声。